死姫と呼ばれた魔法使いと辺境の最強剣士

1

雪野宮竜胆
ill. 布施龍太

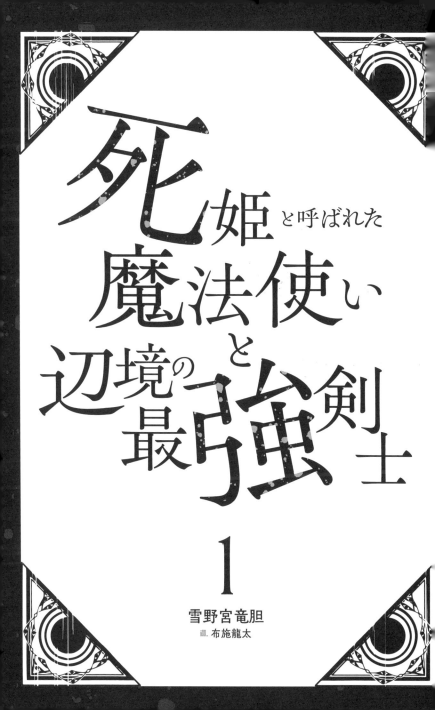

CONTENTS

プロローグ

『……それがあなたたちなのです。獣憑《ライカンスロープ》きの末裔、そして魔女モルガンの末裔よ』

男が長い物語を語り終えた。広々としたホールに沈黙が降りる。

遠くの方から木霊のように音が聞こえてきた。

金属がぶつかり合う音と火薬が爆ぜる音、そして鬨の声、戦の音だ。

高い天井とそこに描かれたフレスコ画、そして太い柱と壁はかつてはこのホールが立派であったことを思わせる。

しかし今は壁は薄汚れ、天井にはところどころ穴が開いていた。

ホールの中央に魔方陣が描かれていて、その上には脈打つように光る塊が浮かんで、薄暗いホールを照らしていた。

魔方陣の前には一人の男が立っている。

そしてそれと向かい合うように、ホールの入り口には剣を構えた男が、その横には杖を持った女がいた。

『あなたたちの存在は我が望みの結晶。あなたたちの存在そのものが私の行いが正しかったこと、我が行いの有意を証明している。あなたが手にしたそのミスリル銀の剣もそうです』

かつてはロンフェンという名前で呼ばれたその男が言葉を紡ぐ。

その人格が残っているのかはもはや外見からはうかがい知れなかった。

張りつめた空気を破るように剣を持った戦士風の男が含み笑いを漏らした。

「なるほど、いいことを聞いた。嬉《うれ》しいことだね」

「何がおかしいの、エドガー」

エドガーと呼ばれた男が小さく笑った。

短めに整えたくすんだ金色の髪と狼を思わせる鋭い眼差し。鍛え上げた肉体は一流の戦士のそれだ。

手には身長ほどもある白く輝く長剣を持っていて、簡素な革鎧をまとっている。

淡い光がその鍛え上げた体を包んでいた。

その後ろに立っているのは一人の女だ。

金色のふわふわした髪を後ろで束ねている。凛とした顔だちには美しさと意志の強さが見えた。

白いローブに複雑な文様を彫り込んだ青い胸当てをつけ、長い杖を手にしている。

「だってさ、我が姫様。あいつの話が本当なら、俺たちはともに戦う運命だったんだ。何百年も前からさ。なかなかロマンがある話だと思わないか」

姫と呼ばれた彼女……セシルが呆れたように笑った。

「あなたは相変わらずね。この状況でそんなことを言うわけ？」

「恐れて縮こまっても意味ないだろ」

「それに、前は運命なんて自分で変えるもんだとか言ってたのに、こういう時は運命を信じるとか言うの？」

「俺は自分に都合のいい運命は信じる主義だ」

エドガーが言ってセシルが笑った。

運命なんてその程度に思っているのがいいのかもしれない。縛られるものではないし、時には覆すもの。

今までの何処かで運命に身をゆだねていたら此処にはたどり着けなかっただろう。

世界の運命を決するかもしれないこの場所に。

運命に逆らってたどり着いたこの場所が生きるか死ぬかの修羅場なのもそれはそれで面白いのかもしれない。

でも、一つ確かに言える。

わずか一年ほど前、何もかも運命だと受け入れて全てを諦めて俯いていた時よりは、今の方がいい。

自分の横には大切な人がいて、後ろには自分のために戦ってくれる人たちがいる。

「そうかもね」

「で、負けるのが運命だというなら、そっちは覆さないとな。俺は姫様ともっと一緒にいたいからね」

そう言ってエドガーが剣を一振りした。

闇を斬り裂くように白い軌跡が描かれる。

『人の希望たるあなたたちを倒せば、人は更なる飛躍を遂げるでしょう。そしてきっと世界はもっと素晴らしくなり、人に幸せがもたらされる。ゆえにあなたたちは倒されねばならない。我が愛する全ての人のため戦いましょう』

男が謳うように言う。

「行くぜ、姫様。援護を頼む」

「ええ、分かってるわ」

エドガーが剣を構えて獲物を狙う狼のように姿勢を低くした。

セシルが杖を掲げると、横に白い光を放つ魔方陣が浮かびあがる。

エドガーが地面を蹴るように男に斬りかかって、戦いの幕が切って落とされた。

第1話　王国暦256年11月20日　幸せな記憶

「セシル様、お体に障りますよ。今日は寒いですから」

侍女の白黒の衣装に身を包んだ侍女がそう言って白い絹のケープをセシルに掛けた。

「そのとおりです。姫様になにかありましたら私たちが王様にお叱りを受けます」

もう一人の侍女が言う。

「大丈夫だよ、心配しないで」

セシルが答えた。

ここはファンティーヌ王国の王都ランコルトの郊外にある王の別荘だ。

白い壁に木で縁どられた建物はかわいらしく瀟洒な雰囲気を漂わせていた。

日差しは暖かいが、庭を時折吹きぬける風は秋の肌寒さを感じる。

整えられた広々とした緑の芝生を、青いドレス姿のセシルが元気に駆け回った。金色のふわふわした長い髪がなびく。

歳は5歳。金色の母譲りの金色の髪と透けるような白い肌。

猫のような大きめの目と青い瞳、歳に似合わないすらりとした長身はあまり母には似ていない。これは父譲りだ。

ともすれば冷たさを感じさせるような整った顔立ちだが、屈託のない笑みと薔薇色に染まった子供らしい赤い頬が柔らかくかわいらしい雰囲気を醸し出していた。

「セシル、皆を困らせてはいけませんよ」

声を掛けたのは、芝生の一角に作られた白い石造りの東屋にいる、彼女の母であるマルグリッドだ。

こちらは歳は24歳。娘と同じような美しい金色の髪と白い肌。すこし垂れ気味の目が特徴的だが、絶世の美女と言っていいだろう。

ほっそりした体を水色のドレスで包んでいる。

「はーい、お母様」

セシルが駆け回るのをやめて足を止めた。息が切れて小さな唇から吐息が漏れる。

「さあ、姫様。汗をお拭きください」

「体を冷やしてはいけませんよ。お風邪を召されては困ります」

侍女たちが口々に言って、白い布で汗をぬぐった。

渡されたグラスにいれた白湯をセシルが飲み干す。

「おいで、セシル」

マルグリッドが手招きした時、庭の端に立っていた豪華な赤と白の外套を着た儀仗兵が槍で地面を突いた。

儀仗兵たちが統率の取れた動きで一礼する。

庭の凝った装飾が施された格子の扉が開けられて、緑の外套を纏った40歳くらいの男が入ってくる。

その後ろにはそれより少し上くらいの男が付き従っていた。

◆

最初に入ってきた男の頭には金色の王冠が載っていた。

マルグリッドが立ち上がって深々と頭を下げる。全員がそれにならった。

「やあ、マルグリッド。それにセシル」

その男、緑の外套に身を包んでいるのはファンティーヌ王国の国王、セシルの父のヴォルド三世だ。

歳は40歳。灰白色の整えられた髭と髪。

少しの神経質さと強い意志と知性を感じさせる細面には僅かに疲れた気配があった。

痩せてはいるが姿勢はしっかりとしており、腰に佩《は》いた長剣が飾りではないことを示している。

王の座について十五年。ファンティーヌ王国の内外を治める名君だ。

その後ろに従っているのはサン・メアリ伯爵。

典礼官として長く王家につかえる名門の当主。ふっくらと丸い顔には人のよさそうな笑みが浮かんでいるが、細い目には抜け目ない光が宿っている。

少し出っ張った腹を青の礼装で包んでいる。袖から覗く肉刺《まめ》一つない白い指は剣の稽古とかを今までにしていないことを示していた。

「お父様!」

セシルが嬉しそうに笑って二人の方を見た。セシルの記憶に残っている父はこの二人だ。

本当の父親であるヴォルド三世。

そして母マルグリッドの後見人であるサン・メアリ伯爵。

「おいで、セシル」

ヴォルド三世が言う。

マルグリッドが促してセシルが王のもとに駆け寄る。王がセシルの小さな体を軽々と抱き上げた。

「具合はどうだね、マルグリッド」

「お気遣いいただきありがとうございます、陛下。お陰で不自由なく過ごしております」

そう言って二人が見つめ合う。

セシルを下ろした王が軽くマルグリッドを抱き寄せて、マルグリッドが甘えるように王に体を寄せた。

国王とその側女《そばめ》というより市井の恋人のような仕草に、侍女たちが遠慮するように目を逸らす。

「ねえ、お母様、お父様」

空気を読まないというか二人の雰囲気を察していないセシルが元気よくマルグリッドたちに呼びかけた。

二人が軽く抱き合ったままでセシルの方を見る。

「見てください」

セシルが言って掌を高く掲げる。その掌の中に手毬ほどの水の玉が浮かんだ。

侍女たちが驚きの声を上げる。ヴォルド三世とサン・メアリ伯爵が顔を見合わせる。

ふわふわと浮いた水の玉が数秒して形を崩した。こぼれた水が地面に落ちる。

ばしゃりと音が立って、芝生で水滴が弾けた。

「これは？」

「夜にお水を飲みたくなったんです。でも寒くてベッドから出たくなくて……お水欲しいなって思ったら、できたんです」

セシルが言う。

「これは……魔法か？」

「そのようですな……間違いなく」

ヴォルド三世の言葉にサン・メアリ伯爵が信じがたいという顔で答える。

「マルグリッド、お前は魔法を使えるのか？」

「いえ……サン・メアリ伯爵様。私はそんなことはできません」

マルグリッドが首を振る。

魔法の素質を持つ者は稀有だ。そしてその素質は血脈で受け継がれる。

ヴォルド三世やファンティーヌ王国の王家の血筋に魔法使いはいない。

ということはマルグリッドの家系に魔法使いがいたということになるが。

「ただ……お祖父《じい》様は魔法の心得があったと聞いたことがあります。直接はお会いしていませんのではっきりはしませんが」

「ほう……それは」

サン・メアリ伯爵が驚いたように声を上げる。

世代を超えて魔法の素質が生じることは稀だが、そういうこともある。セシルもそうなのかもしれない。

「素晴らしいぞ、セシルよ。魔法まで使えるとはな」

ヴォルド三世が愛娘を軽々と抱き上げる。

「セシルは凄いですか、お父様」

「ああ、素晴らしい、セシルはすごいぞ」

誉められてセシルが嬉しそうに笑った。

セシルはまだ7歳だ。そして魔法は長い修練と学習により使いこなすことができるものだ。

この若さで、しかも何の特別な訓練を受けることもなく魔法の力をすでに操れるというのは、彼女の中に高い素質があることを示している。

長い詠唱や儀式を経て天変地異を操る魔法使いは、戦争においても魔獣討伐においても大きな力となる。

強力な魔法使いはたった一人で戦局を一変させるほどの力を持つのだ。

「しかし、困ったな……姫を魔法使いとして戦場に出すわけにはいかんではないか」

「いえいえ、王よ。国史を紐解けば戦場に立つ王族は珍しくありませんぞ。セシル姫が魔法使い……いや、長らく空位となっている宮廷魔導士として兵を率いれば、兵たちは勇気百倍。王の名も上がろうというものです」

話題の中心になったセシルがヴォルド三世とサン・メアリ伯爵を代わりばんこに見る。

「王陛下。セシルは争いの場に出さないでくださいませ。この子には勇ましい魔法使いではなく、優しい淑女として幸せになってほしいと思っております」

「ふむ、マルグリッドが言うなら聞かぬわけにはいかぬのう」

真剣な口調で言うマルグリッドにヴォルド三世が応じる。マルグリッドは安心したように息を吐いて一礼した。

ヴォルド三世がもう一度マルグリッドを軽く抱き寄せる。

「サン・メアリ伯爵。改めてお前には礼を言わねばならんな」

「いえいえ、陛下がお喜びくださることが我が喜びなれば」

サン・メアリ伯爵が深々と頭を下げる。

サン・メアリ伯爵としては王の歓心を買うべく領地から選りすぐりの美女であるマルグリッドを贈ったに過ぎない。

王に側女を差し出すことは貴族には珍しくはない。

しかし、美しいだけでなく優しく素朴な心根のマルグリッドは王の心をつかんだ。

東部の鬼の領域ゲルムラントは度々国境を侵しており戦火はくすぶり続けている。南部のイシュトヴェインとは国境線の策定で難しい交渉が続いている。

国内でも昨年は酷《ひど》い洪水が起き麦畑に大きな被害が出た。

不作の時のご多分に漏れず、傭兵崩れや脱走兵が山賊や海賊となりあちこちで小競り合いを起こしている。小鬼《ゴブリン》が跳梁跋扈し、農民は税に苦しんでいた。

可能な限り負担を減らすように様々な施策を打ってはいるが、完璧とはいかない。

王とは孤独だ。

国で一番豪華に飾られた金銀の玉座にたった一人、孤独に座る者。それが王である。

無論、王には多くの廷臣が仕え文武両面で支えている。しかし本質的に責任を負うのは王一人である。

横に並び立つ者はいない。心許せる者などいない。

内憂外患の状況で激務に追われる中、安らげる場所が王には必要だった。

そしてその場所として気立てが良いマルグリッドは丁度良かったと言える。

王妃カトレイユは美しく礼節や作法に通じた非の打ちどころのない淑女であり、王妃に相応しいことについて異論をはさむ者は誰もいない。

しかしファンティーヌ王国の有力貴族バスティアン公爵家出身の彼女は気位が高く、疲れた王の安らぎの場所とはならなかった。

「王陛下……陛下こそお疲れではないですか?」

「そのようなことはない。おまえとセシルに会えたのだからな」

ヴォルド三世とマルグリッドが見つめ合う。

サン・メアリ伯爵は心の中でほくそ笑んだ。

マルグリッドは本当にうまくやってくれた。王の寵愛を得たのもだが、なにより王妃カトレイユより先にセシルを産んだのは大きい。

王妃にはいまだに子はいない。世継ぎを望む声は大きいがうまくいっていない。子は天使からの授かりものだ。人の思惑通りにはいかない。

このまま王妃が子を産むことができなければ、王の血を引く子はセシルのみとなる。

そうなれば、ゆくゆくはセシルが何処かの貴族家から婿を取りその者が王となる。セシルは王妃だ。しかも魔法の素質まで秘めているという。王妃にして宮廷魔導士などということもあり得る。

最高にうまくいけば……自分が王妃セシルの後見人になれるかもしれない。

そこまでうまくいかなくとも、セシルの母マルグリッドを王に献上したのは自分だ。その事実は大きい。

王の覚えがめでたくなれば自分のさらなる栄達も期待できる。

サン・メアリ伯爵は心の中で薔薇色の未来を想像した。

「セシル、体には気を付けるのだぞ。お前の体はお前だけのものではない、皆にとって大切な体なのだからな」

セシルのふわふわした金色の髪をサン・メアリ伯爵が優しくなでる。

「はい……お父様」

「おいおい、セシル。お前の父上は此処におられる偉大なる王、ヴォルド三世だけだぞ。全く困った子だな」

サン・メアリ伯爵が慌てたようなおどけた口調で言って、周りから笑い声が上がる。

「私のことは叔父様と呼ぶのだ。いいな？」

「はい！　叔父様」

セシルが元気よく答えた。ヴォルド三世が楽し気に笑みを浮かべる。

それはセシルの中に残る最後の幸せな記憶だ。

第2話　王国暦258年10月5日　別離の馬車

あの日から二年。

冬が迫るある日、突然マルグリッドとセシルの住む館を二台の大きめの馬車が訪れた。

二人に部屋に先頭で入ってきたのは白いドレスで着飾った女だった。

白い肌と切れ長の冷たい目の完璧に整った顔は仮面を思わせる。

艶のある濃い茶色の髪を後ろに結い上げて、頭には小さめの王冠が載っていた。

その後ろにはサン・メアリ伯爵と四人の兵士らしき武装した男たち。

普段は優しい笑みを浮かべているサン・メアリ伯爵だが今日は硬い表情を浮かべていた。

「王妃様」

「叔父様」

マルグリッドが椅子から立って跪く。

サン・メアリ伯爵に向かって駆け寄ろうとしたセシルをマルグリッドが抱き留めた。

「貴方がマルグリッドですね」

「はい、王妃様」

恐る恐るという感じでマルグリッドが言葉を返した。

「今日の用事は一つです。マルグリッド。今からセシルを連れて行きます」

「それは……王妃様、どういうことでしょうか」

「セシルには魔法の素質があるということは知っています。貴重な魔法の素質を持つ者をこんなところで遊ばせておくわけにはいきません。今日から適切な訓練を受けさせ、いずれは戦場に出てもらいます」

セシルにとっては初めて会ったその人、美しく着飾ったカトレイユ王妃が言う。

その言葉はまるで心を持たない人形が発したように冷酷だったが、マルグリッドを見る目には憎悪がこもったような炎が燃えているのは彼女にも分かった。

「女が戦場に立つなど……聞いたことがありません。王妃様」

「戦に際しても王族が範を示さなくてはなりません。王陛下がお倒れになった今、誰かが戦わなくてはならない。王族として戦うことは名誉あることです。貴方のような卑しい生まれの者には分からないでしょうが」

「ですが……カトレイユ王妃様、この子はまだ子供です」

「子供であろうがなかろうが、王族に連なるものは範を示す義務があるのです。しかもこの者は魔法の素質を有するというではないですか。ならばなおのことです。きっと戦乙女《ヴァルキュリエ》と呼ばれることになるでしょう」

冷たく言い放ってカトレイユ王妃がサン・メアリ伯爵の方を向く。

「下賤な血が混じっているとはいえ王陛下の子です。サン・メアリ伯爵。死なせぬように注意しなさい。心してね……選りすぐりの兵をつけるのですよ」

「御意のままに。王妃様」

すがるようにサン・メアリ伯爵を見たマルグリッドの顔が青ざめた。

「王陛下はご存じなのでしょうか」

「王陛下は活療でお忙しいのです。この程度の差配は私がするのが当然でしょう、それが王妃の務めです」

マルグリッドの立場は一年前にカトレイユ王妃に待望の長女が生まれてから一変していた。

有力諸侯の娘であるカトレイユ王妃、しかも子を生《な》したとあってはぞんざいにはできない。

ヴォルド三世がマルグリッドに会いに来ることも殆どなくなってしまった。

しかも王は一月前のイシュトヴェインとの戦争で矢を受けて以来体調を崩した。

傷に加えて流行病《はやりやまい》を得て今は離宮で体を癒している。

「連れて行きなさい」

カトレイユ王妃が言って一人の兵士がセシルの手を引いた。抱きしめ合う二人を兵士たちが引き離す。

「お母様！」

「セシル！」

二人が手を伸ばし合うが、その手が触れることはなかった。

セシルがそのまま部屋の外に引き出される。マルグリッドの声は厚いドアに遮られてセシルには届かなかった。

◆

「あの……」

セシルが周りに立つ男たちに声を掛ける。しかし誰も返事をしなかった。

硬く冷たい拒絶するような空気。

今までマルグリッドや父王、それに優しい侍女たちと一緒だったセシルにとって初めて感じる空気だ。

「これから貴方には色々とやることがあります。手始めに兵の指揮と魔法の訓練からです。貴方は今日から国王陛下の血を引くものとして、魔法使いとして兵を率いて戦うのです。これは王族としての義務です」

「でも……私、そんなこと」

「今までのような甘えは許しませんよ」

言いかけてセシルは口をつぐんだ。冷たい目がセシルに何も語らせなかった。

「貴方が義務を果たす限り、貴方の母の身柄は保証してあげましょう」

「それは……あの」

「連れて行きなさい」

そういうと男たちがセシルの四方を囲むように立って歩き始めた。

押されるようにセシルも歩く。背の高い男のむこうに仲のいい侍女の姿が見えた。泣きそうな顔をする者、近づこうとして足を止める者、俯いて目を逸らす者、様々だったが……誰も助けてはくれないことは分かった。

◆

館の外に出た。秋の風が顔をなでる。いつもより冷たく感じた。

母の姿を求めてセシルは館を見上げる。母が居るはずの部屋には分厚いカーテンが掛けられていた。

昨日までは温かく見えていた白い館がまるで巨大な檻に変わってしまったようだ。

館の前には一台の黒い馬車が止まっていた。

武骨な四角い馬車の前まで、男たちに押されるようにしてセシルが歩く。

「乗りなさい」

重たげなドアを開けて男が有無を言わせない口調で促す。逆らうことなどできようはずもない。

硬く黒いソファに腰掛けると、一人の兵士がセシルを押し込むように座る。

そして、馬車が軋むような音を立てて動き出した。

不安のあまり自分の体を抱きしめようとして、いつも一緒に寝ていた兎のぬいぐるみを部屋に置いてきてしまったことを思い出した。お気に入りのリボンもドレスも何もない。

でも取りに帰りたいと言っても聞いてくれないだろう。

小さな窓越しに館の周りの景色が流れていくのが見えた。
その時初めて理解した……自分は独りぼっちになってしまったんだ、と。

第3話　王国暦268年9月25日　牢獄での再会

「面会の時間は砂時計が落ちるまでです」

「分かっています」

セシルの言葉を聞いて衛兵が分厚い木のドアを開けた。

豪華な調度品で飾られた部屋には分厚いカーテン越しに寒々しい白い昼の光が差し込んできている。

中央には大きめの机があって、そこには母マルグリッドが座っていた。

セシルの姿を見た彼女が疲れた白い顔に安心したような笑みを浮かべる。

一緒に入ってきた衛兵が、血のように赤く色を付けられた砂の入った砂時計を置いて一礼して出ていく。

ドアが閉まるのと同時に二人が抱きしめ合った。

「お久しぶりです、お母様」

「無事で嬉しいわ、セシル」

二人が会うのは四か月ぶりだ。

セシルの南部の海賊討伐の遠征がようやく終わり、その戦功を認められて面会が許された。

「血の臭いがするわ……セシル」

「返り血でしょう。戦装束のままですから」

セシルは答えるが、実際はそうではない。

魔法は本来、時間をかけた儀式や詠唱により魔力を収束して威力を発揮する。

だから魔法使いには多くの護衛が付きその魔法の詠唱のための時間を稼ぐ。

魔法使いはどれだけ頑張っても呪文の詠唱の間があるのだ。

しかし戦場でそんな悠長なことをしている時間はない。

だが魔法の発動のために必要な儀式や詠唱を省くには代償が必要だ。術者の命という代償が。

そんな風に魔法を使い続けることは術者の体に大きな負担をかける。

関節を曲がらない方向に無理に曲げるようなものだ。

しかしそこまでしても魔法の発動までには時間がかかる。

彼女の率いる部隊は戦うたびに多くの犠牲を出す。その損耗率の高さゆえに彼女についた仇名は死姫《ラ・モルテ》だ。

敵に死を、そして味方にも死をもたらす者。

「王族としての務めを果たしています。何もご心配なく」

「そう……」

望まない数知れぬ兵士たちの死が彼女の心を殺してしまった。

かつては美しさをたたえられたその表情も今は悲恋の舞の仮面のようになっていた。

金色のふわふわした柔らかい髪も肩のあたりで短く切られている。

戦場では長い髪は邪魔になるだけだし手入れもままならない。

マルグリッドが戦場の魔導士然となったセシルを見て、何かを言いかけて口を閉ざした。

その先を言っても何の意味もないし、何も変わりはしない。何か言う代わりに娘を抱きしめる手に力を込めた。

母はすっかり痩せてしまった。

もともとは女性らしい柔らかく温かい体だったが、会うたびに細く強張った風になっていく。

あの館から、王都近くのルサント城の塔に移されてもう六年になる。

殆ど外に出してもらうこともなく部屋の中に居続けているはずだ。

この部屋は立派に飾られているように見えたが、寝台の寝具は夏のままの薄いもので、壁にも薄いタペストリーが掛けられているだけだ。

マルグリッドの手が震えているのがセシルには分かった。

もともとマルグリッドは体が丈夫な方ではない。衰えるのも無理はない。

後ろでドアがノックされた。

机の上の砂時計を見ると、赤い砂の最後の一粒が落ちるところだった。命のようにも見える赤い砂が落ちて、ほぼ同時にドアが開けられる。

「時間です」

「ではお母様……また手柄を立ててお顔を見に伺います」

二人の手が伸びたが、あの日と同じように触れることはなかった。

音を立ててドアが閉められた。

あの別れの日から八年たってセシルは17歳になっていた。

今はサン・メアリ伯爵旗下の魔法使いとして、兵を率いて戦っている。

イシュトヴェインとの戦いで負ったヴォルド三世の負傷と病は長引き、8年の年を経た今も万全とは言いがたい。

国政の激務を果たしきることはできず、離宮にこもりがちだ。

そして、その間にカトレイユ王妃とその側近である宰相ロンフェンが政務を牛耳ってしまっていた。

王の状況、そしてカトレイユ王妃の実子エリーザベトの存在。

セシルが王妃になるのでは、などという一時期の話を今や覚えている者はいないだろう。

◆

セシルが城のエントランスホールに降りると、兵士たちを従えたサン・メアリ伯爵がいた。

横にはセシルの副官であるガーランドもいる。

ガーランドは歳は40歳。がっしりした体格の大剣使いであり、サン・メアリ伯爵の旗下の下級騎士だ。

それなりに良い家柄の出であるが、今はセシルの副官でありお目付け役でもある。

サン・メアリ伯爵がセシルを一瞥して、こっちに来るなと言わんばかりに目を逸らした。

その意図は勿論セシルにも分かったが、あえて構わずサン・メアリ伯爵に歩み寄る。

「……なんだ？」

「どうか、お願いします。サン・メアリ伯爵様。母上……マルグリッド様のお部屋に暖炉を置いてください。あのままでは凍えてしまいます」

まだ冬までは間があるとはいえ、石壁の城の部屋は底冷えする。

あのままでは前線で戦う兵士たちのように寒さが体を蝕んでしまう。

このまま冬になれば、下手をすれば部屋の中で凍え死にしかねない。

サン・メアリ伯爵が迷惑そうな顔でセシルを見た。

マルグリッドを王の側女として差し出したのはサン・メアリ伯爵だ。

当初は思惑通り王の寵愛を受け、マルグリッドはセシルを産んだ。

しかし、王妃カトレイユに娘エリーザベトが産まれ、その後ヴォルド三世が負傷して国政の一線から退いて状況は一変した。

王の寵愛を受けたマルグリッドと、彼女の間に産まれたセシルはカトレイユ王妃に疎まれ、今やサン・メアリ伯爵にとって二人は厄物になってしまっていた。

それは身に染みて分かっている。

かつてもう一人の父上と思って慕ったサン・メアリ伯爵にとって今自分がどんな存在なのか。

しかし彼しか頼れる者もいない。

他の貴族は自分の話を聞いてなどくれもしないだろう。

「お願いいたします。叔父様」

絨毯の敷かれた廊下に跪いた。

冷たい石の硬さが絨毯越しに膝に伝わる。重たい沈黙がエントランスホールに降りた。

「……善処する」

長い間の後、絞り出すように言ってサン・メアリ伯爵がその場を立ち去って行った。

すこしセシルの気が緩む。

サン・メアリ伯爵は最低限のことはしてくれている。今回も大丈夫だろう。

あの時、母を見捨てたサン・メアリ伯爵を恨んだこともあった。

だが、今となっては致し方ないのだと分かる。

あの時、マルグリッドを庇えばサン・メアリ伯爵家はどうなっていたか。

彼にも守るべき家名や家臣、家族がいる。そのために王妃に遜りつくさねばならなかった。

城の外に出た。待っていたガーランドが礼儀正しく一礼する。

セシルは母の部屋を見上げた。分厚い白いカーテンの向こうに母の影が見えた気がした。

自分を、そして母を生きながらえさせることが王妃の望みであることは分かっている。

死の苦しみ、離別の苦しみは一瞬だ。

生き続けることは苦しみが明日も明後日も同じように続くことに他ならない。

すっかり弱々しくなってしまった母のことを思う。

自分が死んだら母はどうなるか……それは火を見るより明らかだ。
辛いけど……死ぬわけにはいかない。

第4話　王国暦270年5月8日　荒野での出会い

「今回は南部の討伐だ。サルラ近辺にゴブリンの群れが出て領民を脅かしている。それを討伐せよ」

「はい」

初夏のある日、セシルはサン・メアリ伯爵に呼ばれて命令を授かった。

サルラはファンティーヌ王国の南部に位置する丘陵地帯だ。

ヴァレンヌ男爵の治める領地であり、本来は彼が討伐の責任を負う。

その討伐の任がセシルに回ってくるということは、困難な討伐を体よく押し付けられたということに他ならない。

ヴァレンヌ男爵は王妃に近しい血族だ。

命令はいつも突然やってくる。心の準備をする暇もない。

とはいえ、別れを告げたいただ一人の相手である母に会うことはできないから意味はないのかもしれないが。

いつも通り慌ただしくセシルと、直属の兵士たちが招集され戦地に向かう。

行軍する時に感じるのは憂鬱さだ。馬から兵士たちを見下ろしながらセシルは思う。

セシルに与えられた兵士は二百人ほど……この中の誰が生き残ることができるんだろう。

「あんたのせいで俺は死ぬ」

「俺みたいなはみ出し者に死に場所を与えてくれて感謝します……あなたのために戦えてよかった」

戦場で見た顔をセシルは思い出す。

恨みの言葉と感謝の言葉。でもどちらも死の色が纏いついていることには変わりはない。

それに何か言ってくれればまだ救われる。どちらも言えずに死んでしまった者が殆どだ。

戦場での思い出は、自分を守って死んでしまった兵士たちの数えきれないほどの声。

自分の魔法に焼かれて死んだ敵の兵士や魔獣の血の臭い、焼け焦げた肉の臭い。

死地に向かう兵たちの行軍の重い足取り。

夥しい犠牲を代償にした空しい勝利。数えきれない犠牲と引き換えに傷一つ負わなかったいたたまれなさ。

犠牲者の躯を戦場においていかなくてはいけないやりきれなさ。

重苦しい帰途の空気。

そして、戻っても誰も喜んでくれることのないやるせなさ。それだけだ。

死姫と呼ばれる自分に彼らはそれでも仕えてくれる。

彼らの多くは土地を失って食い詰めた元農民、継ぐ領地がない騎士の次男三男、それに軽微な罪で収監された囚人たちだ
……逃げるところなんてない。自分と同じように。

きっと脱走して盗賊や傭兵になった方がいいと思う者もいるはずだが、それでも彼らは自分に従ってくれる。

だからこそ死なせたくない……でも自分に何ができるんだろう。

◆

サルラに着いたセシルたちはサルラの執政官である50歳くらいのひょろりと痩せた男、ピエールの案内でゴブリンが集結しているという森の近くに布陣した。

緑のなだらかな丘の向こうに鬱蒼とした森が見える。森からはすでにゴブリンの群れが姿を垣間見せている。

相当の数の群れ。そして、執政官の話によればゴブリンの王《ロード》や魔法使い《シャーマン》もいるという。

王や魔法使いに率いられた群れは数が多く、統率がとれた手強《てごわ》い相手だ。

「戻りました」

斥候が戻ってセシルの前で跪く。

「どうですか?」

「相当の数です……恐らく500は下らないかと」

斥候が諦めたような口調で言う。その言葉を聞いた兵士たちが絶望したように項垂《うなだ》れた。

今までも過酷な戦いは多かった。だが今回は一番圧倒的な戦力差だろう。

「おいおい……いくらなんでもこれは無理だろ」

「死ぬな、俺たち」

「姫様、一応お聞きしますが、後詰は援護に来てくれないんですか？」

ガーランドがセシルに尋ねる。セシルは言葉に詰まった。

「ええ……」

後詰としてついているヴァレンヌ男爵の兵五百人は最前線から一刻ほどかかる僅かに後ろの村に陣を張っている。

馬で飛ばせばここまで駆け付けるのにそう時間はかからない。

しかしヴァレンヌ男爵の仕事は援護というよりセシルの監視だ。

それに、自分の旗下の兵士を失いたくないだろう。援護は期待できない。

だがセシルをまだ死なせたくないカトレイユ王妃の意向もあるし、ゴブリンの群れをそのままにはできない。

だから、援護が全くないということはないだろう……兵たちが殆ど倒れた時にならば。

そのことは誰もが分かっていた。

そしてすぐに駆け付けられる場所に味方がいるのに援護を受けられないというのは、戦う者にとっては心を抉られる。

つまるところ、自分たちは捨て駒であり、その命は銀貨一枚程度の価値しかないといわれているようなものだから。

「そうですか」

ガーランドが感情を感じさせない口調で言う。

「ゴブリンでさえ後詰の援護を受けられるのに」

その目がそう語っていた。

◆

重い足取りでセシルとその兵たちがゴブリンと相対した。

距離はまだかなり離れている。数は五百は下らないと聞いていたが、実際に視界に入るとその数に圧倒される。

「姫様、どうなさいますか？」

ガーランドがセシルに聞くが……これだけ彼我の戦力差が圧倒的では取れる戦術は多くはない。

いつも通りまずは魔法で切り崩す。しかし相手はロードが率いる群れだ。それで止まるのか。

考えているところで不意に兵士たちの誰何《すいか》の声が聞こえた。

「お前、何者だ？」

「此処で何をしている」

「どうしましたか？」

セシルが兵士たちに声を掛ける。兵士たちが一礼して道を開けるように一歩下がる。

割れた人垣の向こうには一人の男が立っていた。

第5話　王国暦270年5月8日　その傭兵の力

「アンタたちは国軍かい？」

まるで散歩でもしに来たような気楽な口調で言う男を全員が怪訝そうに見た。

伸びるに任せたような金色の髪と手入れをしていない無精ひげ。いかにも安宿を泊まり歩いてきたという風情だ。言葉には東部の訛りがある。

百八十センチを超える鍛えあげた体を、作りはきちんとしているが着古した実用一点張りの辺境風の革鎧に包んでいる。

背中には大剣を担いでいた。

彼の姿はいかにも流れの傭兵か、魔獣を狩る冒険者か賞金稼ぎのようだった。

国内が乱れれば彼のような者は増える。主君との盟約が切れて主を失ったりして放浪し次の戦場を求めたり、魔獣を狩って日銭を稼ぐ者たち。

そのうちの半分以上は盗賊や山賊に早変わりするのだが。

「何者ですか？」

「いや、ゴブリンの群れが現れたって聞いてね。賞金でも稼ごうかと思ったんだ」

「では立ち去りなさい」

あまりに気楽な口調だ。恐らくはぐれゴブリンか、小さな群れと思って来たのだろう。

だが今からはじまるのは戦いだ。

「あんたが指揮官かい？」

「ええ」

男がセシルに気安い口調で聞く。

「姫騎士とは珍しいな」

そう言って男が馬上のセシルを見上げた。

「なあ、俺を雇ってくれないか？　折角だから」

男が言う。身分を弁《わきま》えない気安い口調にガーランドが一瞬不快気な表情を浮かべた。

仕官希望者なのだろうか。傭兵や騎士崩れにはよくあることだ。

ただ。

「どこの者か知りませんが、逃げた方がいいと思いますよ」

セシルが、その男に言う。

仕官希望と言われても、死ねば仕官も何もあったものではない。

言葉を交わしているところで、森からゴブリンの群れが迫ってきた……大群だ。

奥には黒と赤の吹き流しのような旗が見える。ロードの旗だろう。

恐らく人間の兵士や傭兵からはぎ取っただろう斧槍《ハルバード》や剣で武装している。

ゴブリンは人間より小柄だが筋力や俊敏さは人間以上だ。痛みにも強く侮りがたい敵。

ゴブリンの群れがこちらを見たのか、足並みを揃《そろ》えてセシルたちの方に向かってきた。

男がゴブリンの群れを一瞥して小さく息を吐く。

「分かったでしょう。では行きなさい」

「いやいや、これは手柄の立て時でしょう。お役に立ちますよ。まあ雇ってくれないなら勝手に戦いますが」

男が言った。

命知らずの愚か者か、それとも自信過剰か。誰かが呆れたような口調で何かつぶやく。

「……好きにしなさい」

「光栄です、姫騎士殿。俺は……エドガー。雇い主のお名前を聞かせていただけますか？」

「セシル」

普通ならこの名を聞けば大抵のものは怯む。

女の身で戦場に立つ王の庶子セシルの名と、味方と敵の両方に死をもたらす死姫の二つ名は広く知られているからだ。

しかし全く知らないかのように彼は頷いた。

言葉の東部訛りからすると辺境の戦士なのかもしれない。

でも今はどうでもいいことだ。まずは迫り来るゴブリンをどうにかしなくてはならない。

すでに先陣が丘のふもとに達しようとしている。

「まずは私の魔法で少しでも態勢を崩します」

そう言ってセシルが詠唱を始めた。

いつも通り盾を持った兵士たちがその周りを囲む。万が一の矢や投石器《マンゴネル》などの飛び道具に備えたものだ。

「forte pluie de feu cramoisi et arc brûlant!!」

三十を数えるほどの詠唱が終わり、セシルの周りに赤い魔方陣が浮かんだ。

十本ほどの赤い炎の矢が空中に向けて舞い上がる。

魔法の矢がゴブリンの先陣に降り注いだ。火柱が立って隊列が乱れる。

同時に体を引き裂かれるような痛みがいつも通りにセシルを襲った。短い詠唱の代償だ。

喉までこみ上げた血の塊と呻き声を辛うじて飲み込む。

ここで醜態を晒せばますます士気は下がる

ゴブリンの先陣を改めて見る。あちこちで炎が上がっている。

ある程度は減らせた。しかしまだまだ数は多い。

少し怯ませることはできたらしく、ゴブリンの進撃が止まった。

魔法に恐れをなしてくれれば……セシルの淡い期待は直ぐに砕かれた。

太鼓か何かの音がすると、ゴブリンたちが仲間の遺体を踏みつけてすぐに隊列を整える。ロードに率いられているからなのか、戦意が高い。

……戦うしかない。

「弓兵《アーチャー》は左右に展開して、すぐに矢を射かけてください。ガーランド……歩兵は前進して防御陣形」

セシルが淡々と命令を下してガーランドが頭を下げる。

覚悟を決めたように兵士たちが顔を見合わせて言葉を交わし合った。

あの数の敵とぶつかりあえ、という命令であり、それは死ねと言っているようなものだ。

命令を下す立場にいるから仕方ないとはいえ、セシルの胸が痛んだ。

「私はもう一度魔法を……」

「いや、待て待て。もう少し考えて戦おうや」

セシルの言葉を遮るようにそう言ったのはエドガーだった。

◆

「戦力差がある相手と防御態勢で正面衝突なんて勝ち目はないぜ」

さっきと同じ気軽な口調ではあるが、なぜか周りに耳を傾けさせる、不思議な強さの声でエドガーが言った。

「ではどうするのです？」

息の乱れを押し隠してセシルがエドガーに尋ねる。

正面衝突したくないのはやまやまだが、それができれば苦労しない。

丘の上で高所を押さえている今の状態なら防御陣形を敷くのが戦術のセオリーだ。

上ってくる敵を追い落とし、矢と魔法で戦力を削る。

「まずは俺が斬り込んで奴《やつ》らの態勢を崩す」

エドガーが言う。誰もがその言葉の意味が分からず沈黙した。

「弓を使える奴は全員俺の左右で援護をしてくれ。姫様はさっきみたいに魔法で支援を……ゆっくりでいい」

意味ありげにエドガーがセシルを見て言う。

その目が、今のアンタの状態は分かっていると語っていた。

エドガーの言葉を皆が反芻した。

彼が言っていることはつまるところ彼が単独で突撃するということだ。

「それは……考えていると言えるのか？」

一人が露骨にバカにしたような口調で口を挟む。

「まあアンタの懸念はわかるが、俺を信じてみないか？」

そう言ってエドガーが背負った剣を抜く。

「それにさ、俺が突撃して死んでも別に誰も困りはしないだろ？　じゃあいいだろ？」

「それは……そうだが」

「だが、俺は死ぬ気もないし、誰も死なせる気はないぜ」

エドガーが身の丈ほどもある大剣を一振りした。

重たげな剣が風切り音を立てるがエドガーの姿勢にはわずかな乱れもない。細身の体からは考えられないほどの膂力だ。

それぞれが武器の訓練を受けたからこそ分かる。ただの傭兵の太刀筋ではない。

そして、実用一点張りの革鎧と粗末な革の鞘、それに流れの傭兵のような見た目には不釣り合いなほどその大剣は磨き抜かれ、白い刀身には傷一つなかった。

誰かが称賛するようにため息を吐《つ》く。ひとかどの戦士ならその剣が業物であることくらいはすぐに分かっただろう。

どう見ても一介の傭兵の持ち物ではない。なぜ彼がそんなものを持っているか、それは誰にも分からなかった。

「それ……まさか盗品じゃないだろうな?」

「いや、親がくれたのさ」

誰もが思った疑問を一人が口にしたが、エドガーが笑って答える。

「どうしますか、姫様」

ガーランドがセシルを見て聞く。

武名を上げたい傭兵崩れが無謀なことを言っているだけかもしれない。

「いいのですか?」

「ああ、勿論」

あまりに無謀な話だがエドガーの言葉には僅かな乱れも動揺もなかった。

それに言い合っているうちにもゴブリンは迫ってくる。迷っている暇はない。

「では、任せます……武運を」

言ってからセシルは思う。

武運を、なんて……我ながらなんという偽善だろうか。あの群れに一人で斬り込めばどうなるか、考えるまでもないのに。

「感謝しますよ、姫様」

セシルの気持ちを知ってか知らずか、エドガーが小さく笑って大剣を担ぐように構えて進み出た。

丘の下からは隊列を整えたゴブリンの群れが上ってくる。

足音と槍の石突きが地面を叩《たた》く音、鎧が鳴る音と錆びた鉄が擦れ合《あ》うような呻き声にも似たゴブリン語が迫ってきた。

「本気なのか？　……やめた方が……」

「じゃあ、援護よろしくな」

誰かの心配そうに止める言葉を振り切って、緑の草が生えた丘をエドガーが駆け下りた。

◆

単騎で駆け下りるエドガーを見てゴブリンたちが戸惑ったように足を止める。

無謀な愚か者を一刺しにしてやろうと言わんばかりに立てた槍を横に構えた。

セシルたち全員が今から起こることを想像して息を詰める。

丘を半ばまで駆け下りたところでエドガーの体を白い光が包んだ。

馬で駆けるより速くその体が加速する。

「なんだ?」

誰かが怪訝そうな声を上げる。

ゴブリンたちの構えた槍の穂先を飛び越えるようにエドガーの体が宙に舞った。

五メートル近い跳躍。鎧を着た人間にできるものではない。白い光が空中に軌跡を描いた。

エドガーがゴブリンの群れの真ん中に飛び込む。

白い大剣が一振りされると、ゴブリンの群れが雑草でも薙ぎ払ったかのように裂けた。

第6話　王国暦270年5月8日　決戦の一太刀

遠くから響く木霊のようにゴブリンの悲鳴が上がった。

斬り裂かれた体の破片がばらばらと空中に舞い上がってドス黒い血が飛び散る。

大剣が一振りされるごとにゴブリンが次々と斬り裂かれて倒れ、ゴブリンの群れが露骨に浮足立ち始めた。

「……あれ……何だ？」

「見てる場合じゃないぞ、弓兵！　援護！」

ガーランドが慌てて声を上げる。

我に返ったように弓兵が長弓を引き絞った。弦の音が立て続けに響いて何本もの矢が空中に舞い上がる。

矢がゴブリンの群れに降り注いでゴブリンが次々と倒れた。

隊列の足並みが更に乱れる。

エドガーが足を止めることなくゴブリンを斬り裂きながら突進した。

「弓兵！　射続けるんだ！」

「歩兵は槍をとれ。いつでも突撃し彼を援護できるように備えよ！」

下士官たちが口々に命令を飛ばす。重苦しく沈んでいた兵士たちの雰囲気が一変した。

命令に応える強い声がそこかしこで上がる。

絶え間なく浴びせかけられる矢と、光が舞うようなエドガーの剣で次々とゴブリンたちが倒れていく。

戦列が崩れて本陣とも言うべきゴブリンの集団が見えた。

ひときわ大きいゴブリンロード、それに黒魔法を操るシャーマン。

そしてその周りを精鋭とも言うべきホブゴブリンが固めている。

僅かな魔力の流れを感じた。

恐らくゴブリンシャーマンが魔法を使おうとしている。

セシルが詠唱を始める。魔法には魔法だ。

「bouclier de protection sacré pour combattant courageux!!」

ゴブリンシャーマンの周りに黒い刃のようなものが浮かぶ。

だが、セシルの防御の方が早かった。

黒い刃が本陣へと疾走するエドガーに向かって飛ぶ。しかし空中に浮かんだセシルの魔法の盾がそれを止めた。

王妃によって幼い頃から訓練を強いられたため、セシルの魔法使いとしての能力は高い。

詠唱の時間さえあれば攻撃系も支援系も思いのままなのだ。

白い光を纏ったエドガーが勢いそのままに本陣に斬り込んだ。

周りのゴブリンを押さえこむように丘を降りながら弓兵が絶え間なく矢を放つ。

セシルも即座に次の魔法の詠唱に入った。

本陣にロードの護衛であるホブゴブリンやシャーマンがいる。エドガーの強さは人間離れしているが、それでも流石に一人では勝つのは難しい。

「姫様！」

ガーランドがセシルに促す。

これほどの間を与えてもらえばセシルも十分に落ち着いて魔法を使うことができる。

「Ordonne au monde avec mon autorité, forte pluie de feu cramoisi et arc brûlant, Des cendres en cendres, Fais-le comme ça」

詠唱が終わると同時に赤い魔方陣が浮かんで、炎の矢がセシルの周りに現れた。

この【炎の矢】はセシルがよく使う魔法だが、今は無理やり詠唱を短縮していた時とは違う。

時間をかけて魔力を練り上げた完全詠唱の炎の矢だ。

何十本もの炎の矢が空中高く舞い上がって、ゴブリンの本陣に降り注いだ。炎の矢が正確にホブゴブリンやシャーマンに突き刺さる。

立て続けに巨大な火柱が立って、火に巻かれたシャーマンやホブゴブリンが転げまわる。

肉が焼ける嫌な臭い、巻き上がる炎があちこちに燃え移る。戦意を失ったゴブリンたちが四散した。

もののついでとばかりにゴブリンを斬り倒しながらエドガーがロードに向けて駆ける。

本陣の真ん中に陣取っていたロードがエドガーを迎え撃つように進み出た。

ロードがエドガーに向けて巨大な斧を振り回す。

しかしロードとエドガー、その速度は鶏と鷹のように圧倒的に違った。

大きく振りかぶった斧が振り下ろされるより早く、光を纏った大剣が一閃する。

斬られた首が重たげな音を立てて地面に落ちた。

◆

巨体の首から血が噴き出す。首を斬り落とされたロードの体ががばたりと倒れた。

ゴブリンロードは一般的な兵士三十人以上に匹敵し、二メートルをゆうに超える長身と人間離れした筋力を持つ。

しかも力任せなだけではない、独自の技を持つ難敵だ。

一人でロードを倒す剣士などファンティーヌ王国全てを探しても稀だろう。

それをまるで練習用の人形を斬り倒すように容易くエドガーは倒した。

周りのゴブリンが何が起きたか分からない、という風に顔を見合わせる。

「追撃！　一匹たりとも逃がすな！」

誰かが号令する。弓を槍に持ち替えた兵士たちが突進した。

ゴブリンは優位な時、戦意が高い時は高い戦闘力を発揮するが、一度劣勢に陥るとすぐさま戦意を失い総崩れになる。

ロードを討たれて戦列を保つことなどできるはずもない。

ロードがいる限りゴブリンは群れを作り害をなすのだ。

逃げ惑うゴブリンの背中を投げ槍《ジャベリン》が貫き、兵士たちの槍が突き刺さる。

一刻もかからずゴブリンの殆どは倒され、残りの僅かな残党は森に四散した。

◆

戦いが終わった。

緑の草原はドス黒いゴブリンの血で染められ、そこら中に斬り裂かれ、魔法で焼かれた死体が転がっている。

むせ返るような血と肉の臭いに思わずセシルが口元を押さえる。

兵士たちが緊張した面持ちで武器を構えて周囲を見張っていた。

息があるゴブリンがいるかもしれないし、そいつが最後の力を振り絞って道連れを狙ってくるということも戦場ではよくある話だ。

しかし動く姿はなにもない。

しばらくして兵士たちが武器を下ろして、今起きたことが信じられないという顔でそれぞれに言葉を交わす。

「犠牲者はいませんか?」

「はい、姫様」

「一人も……ですか？」

「ええ」

ガーランドが信じられないという顔で言う。

あれほどの群れと対峙して犠牲者が一人もいないというのは奇跡的だ。

「どうだい、姫様」

ゴブリンロードの首を提げたエドガーが悠然と歩いてくる。兵士たちが歓声を上げてエドガーに駆け寄った。

何か所かに傷を受けているようだが、ほぼ無傷だ。

「素晴らしい働きでした」

「失礼を許してくれ」

「どこの傭兵なんですか、アンタは」

兵士たちが興奮冷めやらぬ口調でエドガーを讃える。

「いや、待て。まずは礼を言わせてくれ。皆の弓の援護は完璧だった。助かったよ」

エドガーがそう言うと、兵士たちが大歓声を上げた。

「そして姫様。魔法の援護に感謝します」

エドガーがセシルに向けて頭を下げる。

なんというか気まずいというか所在がない気分だ。明らかに助けられたのは自分たちなのだから。

「おいおい、景気悪いな、俺たちは勝ったんだぜ？　じゃあやることあるだろ？」

エドガーがおどけたような口調で言う。

「勝鬨を上げよ！」

ガーランドが剣を掲げて叫んだ。

「セシル姫万歳！」

「勝利に万歳！」

周りの兵たちがそれぞれに武器を振り上げて歓声を上げる。

勝鬨なんて聞くのは本当に久しぶりだ……今までは戦のあとは犠牲者が多すぎて陰鬱になるだけだったから。

セシルはようやく戦いの終わりを実感した。

第7話　王国暦270年5月11日　戦の後の

ヴァレンヌ男爵が五十人余りの兵を従えて、ようやくという感じでやってきた。

真っ白いシミ一つない外套姿で儀礼用の剣を腰に吊るしている。20歳ほどだが肥満気味の体とまめ一つない手は、とても戦場に向いてるとは言えない。

ヴァレンヌ男爵の後ろにはサルラの執政官のピエールも付き従っていた。

「これは……」

勝鬨を上げる兵士たちと、草原一帯を埋め尽くすゴブリンの躯と打ち倒されたロードの旗。

信じられないという顔でヴァレンヌ男爵が言う。

「ゴブリンは？」

ヴァレンヌ男爵が馬上からセシルに問いかける。

「ロードとシャーマンを討ち果たしました。当分はこの地がゴブリンに脅かされることはないでしょう」

ピエールが答えを聞いて安堵したように息を吐いた。

ロードがいる限りゴブリンは再び群れを作り街を脅かす。しかしロードの討伐など簡単にできることではない。

群れを減らしてくれればそれでとりあえずは十分、と思っていたが、彼としては望外の結果だった。

「ありがとうございます、姫様。あなたのおかげでこの地方はゴブリンの脅威におびえなくて済みます」

ピエールが下馬して恭しくセシルに頭を下げる。

「我々になにかできることは……」

「待て、執政官ピエール」

ピエールの言葉をヴァレンヌ男爵が遮った。

「はい、閣下」

「この戦功は私のものとなる。そのように記録し都に伝えるように」

「え、しかし……それは」

「聞こえなかったのか？　私の戦功として記録しそのように報告するのだ……これは王妃様の命であると心得よ」

馬上から高圧的な口調でヴァレンヌ男爵が言う。

王妃の名が出てピエールが怯むように口を閉ざす。ヴァレンヌ男爵が薄笑いを浮かべた。

「分かったな？」

「……はい」

「全く……なんて酷い血の臭いだ。鼻が曲がるわ」

そう言ってヴァレンヌ男爵が兵を引き連れて立ち去って行った。

◆

目の前で起きたあまりにも理不尽な一幕に勝ち戦の高揚感はすっかり薄らいでしまった。

これだけの勝ち戦の手柄を、何もしなかった者に奪われてしまうのか。

「この地方の長としてなにとぞご恩に報いさせていただきたい……なんでもお申し付けください」

そう言ってピエールがセシルの返事を待った。

とは言われてもこのような問いをされたことはついぞなかった。

想像の埒外のことに言葉に詰まる。周りを見回すと兵士たちがこちらを見ていた。

「では……兵たちに報いてあげていただきたい。十分な食事と休憩の場所と、できればいくばくかの恩賞を」

この手柄がヴァレンヌ男爵に取られてしまえば、彼らにはわずかな恩賞すら渡らないかもしれない。

自分についてきてろくに報われもしない彼らにせめて何かしてやりたかった。

「むろんですとも。お安いことです」

ピエールが頷く。沈んでいた兵士たちの顔に笑みが浮かんだ。それぞれ嬉しそうに言葉を交わし合う。

「あなたは将の器だね、姫様。尊敬しますよ」

エドガーが言って兵士たちの方を見た。

「さあ、みんな！　姫様のお言葉だ。戦勝を楽しもうぜ」

「セシル姫万歳！」

「だが、羽目を外しすぎるなよ。勝利者は紳士として振る舞うもんだ。いいな？」

　エドガーが言って兵士たちが応じる。

　歓声が上がるなか、ピエールがセシルの前に跪いた。

「姫様……私に首都の力学は分かりませぬ。しかし私は見ておりました。あなたたちの戦いを。真の勇者は誰かを」

◆

「あの……本当にありがとう。感謝しています」

「いやいや、俺としても都合が良かったんですよ。見ての通り、流れの傭兵なんでね」

　サルラへの帰途の馬上。

　あいかわらずの身分差を無視したような気軽な口調でエドガーが答える。

　その横ではガーランドが渋い顔をしていた。

「貴方は……一体誰なのですか？」

　正直言って、自分たちの援護は必要だったんだろうか、とさえ思う。

　一応弓と魔法で援護はしたが……彼一人でも群れを殲滅できたのではないかと思わされるくらいに圧倒的な強さだった。

　これほどの武勇の士が野心もなく在野に埋もれていることはまずあり得ない。

当世の騎士や戦士が剣の腕を磨くのはひとえに立身出世のためだ。腕自慢は積極的に戦場で手柄を立て、自分を売り込み誰かに召し抱えられる。

確かに、時折無名の剣士や傭兵が武功を立てて一躍有名になることもある。

しかし彼はそんなものとは次元が違う。あの動きはどう見ても人間ができるものではなかった。

それに今は消えているが、体を包んでいた白い光は魔力の光だ。

魔法使いではないのだろうが、何らかのそれに準ずるものを持っていることは間違いない。

これほどの使い手ならばとうに何処かに召し抱えられて騎士の地位を得ているか傭兵として名を上げているだろう。

どう考えても無名の傭兵であるはずはない。

金色のたてがみのような波打った長い髪と金色の無精ひげはどちらも伸びるに任せている感じだ。

返り血と泥で汚れているが、通った鼻筋と鋭い目は、きちんと身だしなみを整えれば映えそうではあるが……あまり見ない顔立ちでもある。

それに言葉の端々に感じる東部の訛り。これほどの者が無名ということは、異国の者だろうか？　セシルは思った。

「流れの傭兵ですよ。雇ってくれますか？」

エドガーが気軽な口調で言う。

彼ほどの剣士が旗下についてくれればどれほど心強いだろうか……だが自分には彼を旗下に留めるほどの財力はない。

かつてある貴族は流れの騎士を召し抱える時に、自分の領地の半分の目録を差し出したという。

だが、自分には差し出せるものなんてない。兵士も借り物の、身一つだ。

今回の分さえ払えるかどうか。

「ここでは恩賞を渡せません。都まで同行してもらうか……この地に留まるなら使いをやりますが」

戦場に金子を持ってきていることはあり得ない。

いくらくらいかかるのだろうか。傭兵の相場は一戦につき千フラン。それに戦功分が加わる。今回ほどの戦功ならいくらになるのか想像もつかない。

自分に出せる額を考える。

「私があなたに払えるのはせいぜい千フラン程度です……申し訳ないのですが」

自分に出せるのはギリギリでそのくらいだろう。

サン・メアリ伯爵に頼み込めばもう少しは払えるかもしれない。

「あなたほどの戦士に対して……」

「いえ、構いませんよ。それで十分です」

エドガーがあっさりと言う。

どれだけでも要求できる立場なのだから、傭兵ならもっとがめつく報酬の上乗せを求めてもよさそうなものなのに。

色々と不可解な人だ、とセシルは思った。

無頼の傭兵のようでもあり、騎士のようでもある。

「どうかしましたか？　俺の顔に何かついてますかね」

「いえ……失礼しました」

いつの間にかまじまじと見つめていたらしい。

エドガーの問いに慌ててセシルが目を逸らす。男の顔を見つめるなんてはしたない。

「いずれにせよここでは払えません。都まで同行してもらえますか？　ここに留まってくれれば後日報酬を届けることもできますが」

「同行していいですか？　せっかくだからね」

「ええ、勿論」

◆

二日間、サルラでの十分な休養を経てセシルと兵たちは都に戻った。

兵たちの帰りの足取りは軽かった。十分な休憩と、特別な恩賞。そしてなにより戦友を誰一人失わなかった。

わずか二百の兵でゴブリンロードを含む五百の群れを、しかも犠牲者皆無で討ち果たす。王国の歴史に残る勝ち戦ではあったが、凱旋パレードなんてものはない。

もしかしたら、ヴァレンヌ男爵の凱旋パレードが数日前にはあったのかもしれないが、どうでもいいことだった。

サン・メアリ伯爵の邸宅で兵たちと一旦別れてセシルは自宅に戻った。

侍女が一人いるだけの小さな家。傍系とはいえ王族の一員が住まうとは思えない簡素な館だが、彼女としては気に入っている。

いずれ母をこの館に迎えたい。狭い家は、一緒に暮らす大切な人と近くにいられる家ということでもある。

それに広い家に一人でいると独りぼっちが身に染みる。

「おかえりなさいませ」

いつも通り事務的に侍女のラファエラが出迎えてくれた。

戦装束を解いて普段着に着替える。

「王妃殿下の御命令です。3日後に参内し、戦勝の報告を行うように、とのこと」

「……分かりました」

ラファエラがグラスを置きながら淡々と要件を伝える。グラスに入っているのは温められた白湯だ。温かさが身に染みる。

しかし、公式な手柄はヴァレンヌ男爵のものになっているはずだが、自分に参内せよとはどういうことだろうか。

「もう一つ」

「はい」

「この度の戦いには優れた戦士が旗下に加わったとのこと。その者も共に参内せよ、とのことです」

ラファエラの言葉にセシルの血の気が引いた。

◆

エドガーとは都の正門で別れた。

サン・メアリ伯爵の館に行くと言ったらなぜか彼は慌てたように隊列を外れて、また館に伺うと言って立ち去ってしまった。

今はどこにいるのか分からない。傭兵ギルドにでもいるんだろうか。

そこでセシルははたと気づいた。

もし彼を探し出せたとして、それからどうする。

……彼に言うのか。ともに王に拝謁してほしい、と。

無論王に拝謁するなどということは途轍もない名誉だ。

望んでも得られない者の方が多い。

しかし、王への拝謁には恐ろしく多い作法がある。

歩き方、話し方などの一つ一つの仕草、衣装の色、付ける香に至るまであらゆることに決めごとがあり、それを守らぬものは粗野な田舎者として嘲笑される。

彼はきっとそんな作法には通じていないだろう。

蔑むような小声と笑い声は、あからさまな嘲笑より心を抉る。それは身に染みて知っている。

そのような場に彼を出していいのか。

いいはずがない。彼をそのような仕打ちに晒すわけにはいかない。

彼の戦士の名誉を傷つけるわけにはいかない。

それに、下手をすれば王への不敬として罪に問われかねない。

彼なら衛兵たちを打ち倒して逃げることくらい可能だろうが……そうすれば彼はこのあとお尋ね者として帰る場所もなく生きることになる。

「姫様」

何かを察したのか、ラファエラがセシルに問いかけるが、

「私の礼装を準備しておいて。あと香も」

この戦いで自分を守り、皆を救ってくれたのは彼なのだから。

ならば……次は自分が彼を守る番だ。咎めも誇りも私が受ければいい。

第8話　王国暦270年5月14日　王宮にて

「王陛下のおなりです」

重々しい声が、赤と緑の壁紙と白い絹で作られた旗が飾られた豪奢な謁見の広間《ホール》に響いた。

華やかな礼装とドレスで着飾った貴族がそろって頭を下げて、衣擦れの音が聞こえる。

国王の椅子の正面に立っていたセシルが跪いた。

下を向くと赤く染められ波のような模様が入った絨毯が目に飛び込んでくる。

赤は嫌いだ……戦場で地面に流れる血を思い出すから。

「面を上げよ」

ファンティーヌ王国の国王、ヴォルド三世のしわがれた声が聞こえる。久しぶりに聞く父の声だ。ずいぶん弱々しくなったようにセシルは感じた。

すぐに頭を上げるのは礼節に反する。

「皆、面を上げよ」

もう一度言われてから上げるのが儀礼だ。セシルが頭を上げた。正面では国王が椅子に腰かけている。

竜を象った金の刺繍が入った紫色の豪華な衣装を身につけた王がセシルを見下ろしていた。

王は老齢なうえに最近は体調を崩しており表に出てくることは珍しい。

代わりに宰相のロンフェンとカトレイユ王妃が政務を執り行っている。二人はそれぞれ王の左右に控えていた。

　宰相ロンフェンは普段通りの冷たさを感じる無表情だ。

　王妃は不快気な表情を隠しもしない
　王がなぜこの場に姿を現したのかは分からない。

　そもそも先の戦いの戦功は公式にはヴァレンヌ男爵のものなのだからセシルが王宮に召されるのもおかしな話ではある。

　王国の歴史に残る勝利に実の娘であるセシルが関与しているということは関係しているだろう。

　それに、セシルは庶子という立場であるため、長らく二人が会う機会はなかった。

　この拝謁の前に二人が会ったのは一年以上前だろう。

　セシルは側女の子とはいえ王の娘だ。

　慣例ならば多少白い目で見られつつも、淑女としてしかるべき教育を受け、いずれ有力な貴族の家に降嫁するものだろう。

　このように過酷な状況で戦い続けなくてはいけないのはひとえに王妃の意向故だ。

　しかし病に侵された王に王妃の憎しみを止める胆力はもはや残されておらず、王の娘であるにもかかわらず、セシルは不遇な環境に置かれている。

　ここに王が姿を現したのは、父故のせめてものねぎらいかそれ以外か。

　彼の心中は誰にも察することはできなかった。

「全く、なんですか、そのみすぼらしい姿は」

跪いたままのセシルを見下ろして王妃が言う。

彼女が着ている服は軍装に近い礼装で王に拝謁する時に着るものとは程遠い。長く王の前に出る機会などなかった。

そもそも宮廷に着てこられるような礼装もドレスもない。

「よくそのような姿で王陛下の前に出られたものですね。恥を知りなさい」

王妃が蔑みを隠さない口調で言って、周りから静かなせせら笑いの声が上がった。

「この度は、素晴らしき戦果だったと聞く」

「はい、陛下。お預かりした兵を失わず済みましたこと、嬉しく思います」

礼節通り視線を合わせずに少し俯いて、いつも通り感情を交えず淡々とセシルは答える。

今回は普段とは少し違って気持ちが少し気楽だ。

あの戦いの時を思い出す。でも兵を失わずに済んだのは、出撃直前に偶然加わってくれたエドガーのおかげだ。

称えられるべきは自分の功ではない。

「聞いた話によると……優れた剣士が味方したそうだが」

「その者も召し出したはずですよ。どうしたのですか?」

王妃が王の言葉を遮るように言う。

「その者にも参内するように申したはずですよ。セシル」

念を押すように王妃が言う。

今この場にいて思う。きっと彼のことは何らかの形で王妃たちに伝わったのだろう。ヴァレンヌ男爵の兵が戦闘を見ていた可能性もある。もちろんエドガーの風体も。

彼を笑いものにするためにわざわざ召し出したのだろうと思う。

普通なら王に目通りするのは指揮官のみなのだから。

「彼は参りません」

「どういうことです？」

「私の過ち故です。責めはすべて私に」

セシルが決然とした口調で答える。

「陛下のご下命に背いた、ということですか？」

詰問するような口調で王妃が言う。セシルが沈黙して広間に重い空気が流れた。

「所詮下賤の生まれですね……」

「申しあげます！　お着きになりました！」

王妃が見下すような言葉を発する。が、それを遮るように不意に侍従の声が広間に響いて扉が開けられた。

◆

入ってきたのは白の簡易な騎士の礼装を着た一人の男だった。

全員の目が入り口に注がれて、広間に失笑が漏れた。

セシルに合わせたような軍装に近い質素な礼装はとてもではないが王に対面する時に着る衣装ではない。

「なんですか、全く。王陛下に目通りするのにそのような格好で。下賤な生まれの者には下賤な……」

しかし、彼が広間に進み出るとさざめくような笑い声は鳴りを潜めた。

王妃が彼を揶揄する言葉は途中で途切れる。

誰もがため息をついてひそひそと言葉をかわした。

涼やかな目元と僅かに朱を点《さ》した唇、綺麗《きれい》に整えられた鬚《ひげ》ががっしりした顎を包んでいる。

たてがみのような癖のある金髪は後ろで結ばれていた。

英雄の絵物語のような美男子であるが、その体は明らかに武人のそれだ。

礼装越しでもその肉体が発する力強さは伝わる。

全員から集中する視線を意に介さず男が広間をまっすぐ歩く。

大股な歩き方や着ている簡素な衣装は宮廷の礼節とは全く合わないものだ。普通なら失笑の声が漏れるであろう。

だが、獅子を思わせる鍛え上げられた体と威厳ある堂々とした振舞に誰も笑い声を発することができなかった。

武術の心得がない貴族たちであってもその歩き方に一部の隙もないことは感じられた。

男がセシルの少し後ろで跪いた。

静まり返った広間で全ての者がその男の言葉を待つ。

「お召しにあずかり参上いたしました」

低いがはっきりした声が広間に響いた。

「王陛下にお目通り叶いましたこと、恐悦至極に存じます。セシル姫にお仕えする剣士、名はエドガーと申します」

第9話　王国暦270年5月14日　彼の正体

エドガー？　思わずセシルは彼を見た。

戦場でのざんばら髪に無精ひげ、革鎧を着て大剣を振り回し敵陣を斬り裂いた姿とは似ても似つかない……貴族の武人の姿だ。

「僻地の出故、礼節を欠くこともありましょう。そこはご容赦いただきたく」

「うむ、苦しゅうない……構わん」

東部訛りの混ざった挨拶に、王が満足げに言う。

古今無双の武威に加えてまさに歌劇にでも出るような美丈夫だ。

自分の旗下に優れた人士がいること、それは万金にも勝るものだ。王にとってこれほどの慶事はない。

「いずこの出か？」

「トゥーレーンの出に御座います、陛下」

トゥーレーンは王国東部、アウグスト・オレアス東部辺境領の中心都市だ。

「トゥーレーンか……それは遠くから参ったものよの。仕官を求めてか？」

王の問いに彼が考え込むように沈黙した。

「で、何処で鍛えた？　冒険者か？　傭兵か？　師は誰じゃ？」

「剣は父から学びました」

「ほう、父上か。其方ほどの武人の父ならば、余程名のある武人で有ろうな」

皆が彼の答えを待つが、彼は答えようとしなかった。静寂が広間に降りる。

不可思議な間があって、貴族の列からあがった小さな囁き声がその奇妙な沈黙を破った。

「……あれは？」

「いや……まさか」

「見間違いではないのか？」

「白狼《はくろう》？」

「アウグスト・オレアスの……まさか」

誰かの声に広間がざわついた。

「いや……私は確かに見た。間違いない。あれはアウグスト・オレアスの白狼だ」

◆

「そんなはずはない」

「なぜここに？」

広間にざわめきが波のように走った。

アウグスト・オレアスの白狼。ジェヴァーデンの守護者。

その名前はセシルも知っていた。というより知らない者はいないだろう。

アウグスト・オレアスは鬼の領域、隣国ゲルムラントとの境界。

国境の要であるアウグスト・オレアス東部辺境領は、その地を三十年近く任されている辺境伯ダヴィド・ド・ヴィリエが治める土地だ。

辺境伯は国境の守りに当たる者であり、国防の要だ。

都から離れ高い独立性を持つがゆえに、辺境伯には王国への忠誠心は勿論のこと、戦場での指揮能力、辺境領を治める統治能力も求められる。

忠義、文武の全てを備えた貴族にしか務まらない。

ヴィリエ辺境伯は忠義に優れた謹厳実直な武人であり、公正な太守としても名高い。

このファンティーヌ王国が東からの侵略におびえずに済むのは、辺境伯である彼がアウグスト・オレアスを完璧に統治し守りを固めているからだ。

その息子はそれぞれ優れた人材で、父と共に辺境領をおさめており、その名はここ王都ランコルトにも轟いていた。

それぞれが母譲りの美丈夫であり、長男は政務に優れた文人、次男は武人であり優れた軍師と言われている。

そして、三男は「アウグスト・オレアスの白狼」の二つ名を持つ剣士。

その名を一躍有名にしたのは、二年前のゲルムラントとの会戦、ジェヴァーデンの戦いだ。

転移の儀式魔法《リチュアル》による奇襲を受け突破されかけたジェヴァーデン城の東門をたった一人で守り抜き、絶対的不利の戦況を一変させた剣士。

獣憑きという特殊な体質で人間をはるかに超えた身体能力を発揮し、身の丈ほどもある大剣を振り回し敵の軍勢を斬り裂いたという。

その活躍は歌劇《オペラ》となりランコルトの大劇場で上演された。セシルも見に行っている。

言われてみればあの戦いはまさにその通りではあるが……気づくはずはない。

というのも、歌劇《オペラ》は大抵は大袈裟に脚色される。歌劇《オペラ》そのままの人などいない。

そして、あの戦いの時の彼の姿は美丈夫とは程遠かった。

今はまさに歌劇《オペラ》から飛び出してきたのか、というほどであるが。

楽し気な笑みを浮かべていた王と、田舎者を蔑むような眼をしていた王妃の表情が真剣なものに変わる。

「相違ないか？」

「……相違ありません。辺境伯ダヴィド・ド・ヴィリエが三男、エドガルド・フォン・ヴィリエと申します」

エドガーが名乗ると広間に大きなざわめきが走った。

「なぜそなたが都に？」

「……父の命に御座います。陛下。恥ずかしながら私には剣しか取り柄がありませんので、家を離れ自分の力で功を立て、見聞を広めよとのことでした」

彼からすれば自分の正体が明らかになることはあまり本意ではなかった。渋々という感じでエドガーが言う。

僅かに広間に囁き声が流れた。

「今どき武者修行とは……辺境伯も勝手が過ぎる」

「いや、彼らしいと言うべきであろう、困ったものだが」

「古き武人の美意識よな」

勝手気ままな辺境伯の行為を咎める者と、いかにも彼らしいと困惑しつつも肯定的に捉える者、武人たるものそうでなくてはならぬ、という武人の古い規範を称える者、それぞれの声が混ざる。

「エドガルド殿。アウグスト・オレアスの辺境伯の子ならば、それに値する地位を用意せねば我が王家の恥となります」

王妃が取り繕うように声を発して宰相の方を向いた。

「良きように取り計らいなさい、宰相」

王妃が言って、宰相が一礼する。

「その通りですな……まずは正騎士と百人隊長など如何でしょうか」

宰相が応じる。百人隊長は、百人の兵を率いる騎士の地位だ。

若く将来有望な騎士がつくことが多い。

「それは良い。武名の誉れ高きエドガー殿には相応しいと言えます」

「死姫の旗下に付けておくなど宝の持ち腐れでありましょうな」

「むしろつまらぬ戦で万が一のことがあっては困ります。辺境伯に顔向けできぬ」

「エドガー殿、今後はこのような軽挙は慎まれるべきですぞ」

先ほど彼の姿をせせら笑った貴族たちが阿るように言葉をつなぐ。

「いえ、むしろ王宮の近衛騎士が良いでしょう。このような武人が守りにつけば陛下のご息女、我が娘エリーザベトも安心できますわ。大切な陛下のお子ですからね。エドガー殿も王の御傍にお仕えできて名誉のはず」

王妃が勝ち誇るように言った。

エリーザベトは王の愛娘であり、王妃の娘だ。牡丹を思わせる華やかな雰囲気と美しさ、血にまみれた自分とは違う……セシルは思った。

そう、それは分かっている。

それでも、小さくセシルの胸が痛んだ。

でも、彼とは正式に主従の契りを結んだわけではない。

それに自分は彼に与えられるものはない。地位も金もなにも。

いかなる気紛れか分からないが、彼はたまたま戦列に加わってくれただけだ。

そもそも籠の鳥と野を駆ける白狼では釣り合わない。

それにいつものことだ。

かつても何度か、自分の旗下にも冒険者あがりの優れた剣士が仕官してくれたこともある。

しかし戦功を立てればいつも横やりが入って引き抜かれていった。

勝ち戦の論功行賞でも冷遇される自分の部隊。死姫の旗下に好んでいるものなどいない。

高い地位が保証され他の貴族に乞われれば誰だってそっちに行くだろう。

誰もが全ていなくなった。

いつものことだ。溢れそうになる涙を唇を噛んでこらえる。

「では、エドガルド。追って正式に任官の沙汰を出します。しばらくは宮廷に……」

「いえ、僭越ながら」

王妃の言葉を遮るようにエドガーが言葉を発した。

貴人の言葉を遮る、これは重大な礼節違反だ。広間がざわつく。

「王妃様、その必要はございませぬ」

◆

驚いたようなささやき声が波のように広間に走って、エドガーの言葉を待つように静寂が戻った。

「お心遣いありがたき幸せ。しかし我が望みは戦場での武功。近衛騎士のような閑職は謹んで辞退いたします。セシル姫にお仕えし戦場で武功を立てるが望みです」

はっきりした口調でエドガーが言った。真っ向からの拒絶に王妃の顔に戸惑ったような表情が浮かぶ。

「よく聞こえませんでしたね……もう一度申してみなさい」

「父は王陛下に剣を捧げました。武人たるもの剣を捧げた主をみだりに変えることはまかりならぬと父と兄より言われております。我が剣はセシル姫にすでにお捧げいたしました。変更はありません」

「私の言葉が聞けぬというのですか？」

「申しあげたとおりに御座います、王妃様」

静かだが強い意志を感じる口調でエドガーが王妃の言葉を再び拒絶した。

王妃が今度は露骨に不快そうな表情を浮かべる。静厳たる謁見の間に相応しくない大きなどよめきが上がった。

「もう一度聞きますよ、エドガルド……よく考えて答えなさい」

王妃が怒りを抑え込んだような震える口調で言う。

「私は貴方の為を思って貴方に相応しい官位を授けようと言っています。王陛下もそのようにお望みでしょう。それを聞けぬと申すのは、どういう意味であるか分かっていますか？」

威圧するような重い口調で王妃が言って、広間が水を打ったようになった。

広間にいる百官が息を詰めてエドガーの答えを待った。緊張に耐えかねたように誰かが小さく咳払いをする。

遠くから鳥の小さな声が聞こえた。

とはいえ……誰もが同じことを思った。

アウグスト・オレアスの白狼といえども、所詮は都から遠く離れた田舎の武人だ。宮廷のことなど知るはずもない、王妃殿下に盾突く恐ろしさも分かってはいないだろう。

だが、今の言葉で察したはずだ。セシル姫に剣を捧げると先ほどは言ったが、彼は考えを改め王妃の意向に従う。

百人がいれば百人がそうする。当然のことだ。

忠義、誠実、それらの美徳は美しい。だがそれは殆ど失われたからこそ希少で気高く美しく見えるのだ。

だが。

「武人に二言はありません。我が主はセシル姫のみ」

貴族たちの予測に反して彼の口から発せられたのは再度の明確な拒絶だった。

同時に謁見の間にその日一番のどよめきの声があがった。

「素晴らしい、武人たるものかくあるべし。忠義の士だ」

「いや、王妃様に無礼であろうが！」

「なんと愚かな……」

「栄達の道を捨てるとは……正気とは思えん」

誰も礼節を忘れたように隣の者と言葉を交わしあう。

様々な声が混ざり合って渦のような声が広間に満ちた。

静謐であるべき謁見の間がこれほど騒然としたのは、恐らく歴史上初めてのことだろう。

第10話　王国暦270年5月14日　回廊での誓い

追って沙汰を出すという王の一言で会談はお開きになった。

広間から出たセシルとエドガーが二人並んで歩く。

セシルの中では聞きたいことが渦巻いていたが、周りにはまだ人がいた。ここで聞くわけにはいかない。

セシルの思いを知ってか知らずか、エドガーは何事もなかったかのように廊下を歩いていく。

当てもなく歩き続けて、人気のない長い回廊にたどり着いた。中庭から木の葉の香りを含んだ爽やかな風が吹いてくる。

エドガーが足を止めて庭を眺めた。つられてセシルも足を止める
「堅苦しくてかなわないな……問題なかったかい？」

エドガーが礼装の首元を緩めながらセシルに言った。

一転して砕けた東部訛りの口調はあの戦場と同じで、ようやく目の前の騎士とあの戦場の戦士が同一人物とセシルは確信が持てた。

だけどそれが分かったとしても戸惑いは消えない。

目の前にいる彼、簡素とはいえ白い騎士の礼装に身を包み髪も髭も整えた彼はアウグスト・オレアスの白狼だという。

悲しみも怒りも喜びも驚きも、全ての感情を抑え込もうと努めているセシルにとっても、あまりの落差に頭が混乱する話だ。

「しかし、ひどいな。姫様。何も言わないなんてさ。姫様の侍女……ラファエラさんが知らせにきてくれたんだぜ。身支度に大慌てさ」

セシルの侍女であるラファエラはエドガーを探して都中を駆け回り、冒険者の宿にいた彼を探し当てた。

すでに拝謁の開始まで間もなかったため、とりあえずセシルに恥をかかせない程度に身支度して王宮まで大慌てでやってきたのだが。

「しかし、我ながらこういうのはガラじゃないよな。軍鶏も孔雀の羽根を付ければそれなりに見えるかい？」

そういってエドガーが邪魔くさそうに飾り帯に触れる。

おどけたような口調でエドガーが言うが、何か言いたげなセシルの雰囲気を察したのか口をつぐんだ。

「どうしたんだい、姫様？」

「あなたにはもっとふさわしい士官の口がある。今すぐ戻って王妃様にお詫びして、王妃様さまに従うべきです。それがあなたのためになる」

彼が旗下に加わってくれれば、と思って一瞬心が浮き立った。

でも喜んだあとに現実を突きつけられるくらいなら、初めから喜ばない方がいい。

上を仰ぎ見て手に入らない物をうらやむ気持ちはもう忘れてしまった。

でも一度手に入ったものが失われるのはこの上なく辛い。

今別れれば、辛さは小さい。

数知れない別れを経験した彼女なりの心の守り方だ。

「私が何と言われているか知らないのでしょう？」

「今は知ってるよ。だが関係ない」

「……あなたは分かっていない。何も分かってない」

疎まれさげすまれ、ここを逃げることもできない。

それに、自分の旗下に入れば皇后の敵意が向けられるだろう。彼も自分の巻き添えになる。

あの武勇ならいくらでも栄達の道はあるのに、自分の旗下に居るというだけで不要なもめ事が彼に降りかかってしまう。

「なんだい？　俺がいると迷惑なのか？」

「私は死を呼ぶ……死姫なんですよ」

「心配は無用さ。俺は死なない」

セシルの気を知らずか、こともなげにエドガーが言いかえした。

「私に仕えれば栄達も期待できない」

「俺がやるべきことは剣を振ることだ。栄達はそのあとについてくる。アニキや親父も認めてくれるだろう。むしろ栄達を目的にコロコロと主を変えたりなんかしたら親父に殺されるよ」

「あなたは私に仕えてはいない……まだ正式な主従の契りは交わしていないわ」

「そうなのか？　俺はもうそのつもりでいたんだが……じゃあここで今すぐやってくれ」

エドガーの口調はおどけていたが、譲る気はないという意思が感じられた。

セシルが俯く。エドガーが困ったように首を傾《かし》げた。

「あー……なんていうか、そんなに俺が仕えるのは迷惑……」

「なぜ……私に？」

エドガーを制するようにセシルが口を開いた。

王の庶子とはいえ王妃に疎まれる自分よりも、アウグスト・オレアス辺境伯の息子であり武名轟く彼の方が序列は高い。

あらゆる点で彼が自分に仕える理由が思いつかない。

セシルの言葉の重みを感じたのか、エドガーが笑みを浮かべた顔を引き締めた。

「昔、狩りをした時に見た。一羽の鳥だ。名前は知らないが。草原の真ん中に立っていた」

軽い口調から一転して、真剣な口調でエドガーが話し始めた。

「そいつは巣を守っていたんだ。俺たちが近づいて……飛んで逃げることはできたのに、そいつは逃げなかった。ただ一羽で巣を守っていた」

何かを思い出すようにエドガーが言葉を紡ぐ。

「たとえようもなく美しかったよ。気高かった。あの日のことを忘れたことはない。だから俺の紋章は一羽で立つ孤高なる鳥なのさ」

そう言って礼装を指さす。其処《そこ》には緑の地に白い鳥の紋章が刺繍されていた。

「その姿をあなたにも見た。どうか我が剣を受けていただきたい……いや、受けていただく。セシル姫。斯様な粗忽もの故ご迷惑をかけるかもしれないが……この剣は貴方の為にのみ振るおう」

そういってエドガーがセシルの前に跪いた。

「それにさ、いいかい？　これは俺の経験測だが……手柄を立てれば周りは変わる。戦場は正直だぜ。礼節だの貴族の序列がどうとかいう面倒事よりよほど単純だ」

「……どういう意味？」

「五回、今回みたいな手柄を立てれば、まず兵士たちの見る目が変わる。十回で民があんたのことを称えて子供たちがあんたのことを謳うよ。20回勝てば、死姫の代わりに戦乙女と呼ばれる。三十回勝てば日和見《ひよりみ》の貴族共が姫様の館に貢物を届けてくる。五十回勝てば王でもあの王妃でも姫様を軽んじることはできなくなるさ」

跪いたままでエドガーがセシルを見上げた。

「それにさ……姫様。貴方の魔法使いとしての能力はあんなもんじゃないだろ？」

エドガーが確信を持ったような口調で言った。

「……なぜ？」

「そりゃあわかるさ。戦いに関しては俺の目は節穴じゃないからね、礼儀はからっきしだが」

今は兵士の犠牲を少しでも抑えるべく早い詠唱で魔法を発動させている。

しかし、彼女の本来の魔法の素質はむしろ長大な詠唱を伴う大規模な魔法で力を発揮する。

今まで誰にもそれを気づかれたことはなかったが。

「さあ、俺たちで世界を変えてやろうぜ」

そういってエドガーがセシルの手を取った。

ごつごつした固い武人の手だ。

セシルはわずかに逡巡した。

この手を握り返すべきなのか、それとも振りほどくべきなのか。

……彼を自分の境遇に巻き込んでしまっていいのだろうか。

彼のことを思えば振りほどいた方がいい。それは明らかだ。

それに彼を信じていいのか……傍に居てくれるのだろうか。

またすぐに自分から離れていってしまいはしないだろうか。その時、その別れに私は耐えられるのだろうか。

様々な思いが彼女の胸をめぐる。

……でも。

セシルの白い華奢な手がエドガーの硬い手を握り返した。

エドガーがほほ笑む。

「では、よろしくお願いいたします、我が姫君」

立ち上がったエドガーが礼儀正しく頭を下げた。

第11話　王国暦270年5月14日　二人での食事

あの回廊での誓いの後、馬車で自分の家まで戻り、ラファエラが用意してくれた夕食を食べて、そのまま寝台で眠りに落ちた。

その時のことをセシルは殆ど覚えていない。

まるで夢の中にいるような心持だった。

カーテンから差し込む朝の白い光でセシルは目を覚ました。

壁に母の肖像画が掛けられている以外は、簡素なテーブルと衣装棚と鏡台、それに簡単な天蓋を付けた寝台がある、殺風景な部屋。

テーブルには昨日着ていた衣装が畳んだまま置かれていた。

普段なら衣装棚に戻すのだが、あまりにも色々ありすぎてその気力もなかった。

王族の姫君なら着替えも含めて身の回りのことは侍女が付き従って全てやってくれるが、この館には侍女は一人しかいない。

それに母と引き離されてからは、魔法の訓練に明け暮れて過ごしたから、身の回りのことは自分でやるのが習慣になっていた。

テーブルの上に畳まれた衣装の上にはエドガーに渡された短刀が置かれていた。

革には東方風の幾何学模様が染められていて、柄頭には黒水晶があしらわれている。

これを貴方の傍においてほしい、と言われて渡された短刀。

それを見てようやく理解できた……昨日のあのことは夢でも幻でもない……あの時言われた言葉も。

◆

セシルが階下に降りるとすでにラファエラが食事の支度を整えていた。

広間と言うには少し手狭な広間のテーブルには普段通りに焼いたパンと野菜とハムを入れたスープ、オムレツが並べられていた。

「おはようございます、姫様」

ラファエラがこれまたいつも通り事務的に頭を下げて、温めたミルクを入れたカップをテーブルに置く。

「ラファエラ……あの、ありがとう」

「なにがでしょうか？」

侍女の制服である白のエプロンとヘッドドレス、黒の長いワンピースの侍女ドレスをきちんと着こなしたラファエラが表情を変えずに聞く。

異国の血が混ざった黒髪と黒の瞳と白い肌。

見た目より少し下に見えるが25歳だっただろうか。整っているが仮面のような無表情と事務的な口調が冷たさを感じさせる。

「エドガーを探してくれたと聞きました」

セシルはエドガーには何も言わずに王宮に参内した。

本来はエドガーがそのことを知ることはなかったはずだ。ラファエラがエドガーを探してくれた、とエドガーも言っていた。

結果的には、もしエドガーが参内しなければ彼に迷惑が掛かったかもしれない。

そしてそれ以上に、彼があんな風に自分に言ってくれることもなかった。

「王妃様の命令と聞きましたので」

素っ気なくラファエラが言う。

3年前に募集に応じて自分の家の侍女になってくれたが、あまり感情を表すことなく淡々と、でも過不足なく自分に仕えてくれていた。

そんな彼女が、わざわざエドガーを探すなんてことをしてくれるとは思っていなかった。

「それより早くお食事を。冷めてしまいます」

ラファエラがそう言って台所に通じるドアを開けて出て行った。

ラファエラはなぜあんな風にしてくれたのだろうか……でも彼女の今まで知らなかった面が少し見えた気がする。

その感情は決して不快なものではなかった。

今日が少し嬉しい気持ちで始まる。何年ぶりの感覚だろうか。

◆

朝食を済ませてしまうとセシルにはさほどやることはない。

貴族ならば他の家の者との交流があったりするが、セシルには縁がない。

家事や身の回りのことはラファエラが如才なく片付けてくれる。

今もラファエラが家事をする音が聞こえてきていた。

今回の戦いについてサン・メアリ伯爵への報告もしなければいけないのだが……どう書けばいいんだろうか。

そもそもやっぱりアレが現実ではなかったのではないか、等とも思う。

でも懐中に手を入れればそこにはエドガーが渡してくれた短刀の手触りがある。

日課となっている魔術書をぱらぱらとめくるが……どうも内容が頭に入ってこない。

普段通りに流れる時間を過ごすと、やっぱり昨日のことは夢じゃないかという気持ちに囚われそうになる。

やきもきとしたようなゆったりとした時間が過ぎた昼頃、馬のひづめの音が窓の外から聞こえてきた。

下馬した時のブーツが石畳とぶつかる音。

ラファエラの足音とドアを開ける音がした。わずかな言葉を交わす声。

自分に来客なんてまずあり得ない……来るとしたら一人しか思いつかない。

でも……本当に彼なのか。今まで期待して裏切られるなんてことはいくらでもあった。

魔術書を閉じて懐の短刀に触れる。

二人分の足音が近づいてくる。

息が詰まるような数秒が流れてドアが開く音がした。

「姫様、おはようございます」

「姫様、お客様です」

快活な声で昨日と同じような簡易な騎士の礼装のエドガーが入ってきた。

昨日のことはもしかしたら夢だったのではないか、そういった気持ちが消えることはなかった。

涙が出そうになるのをこらえる。

セシルはようやく心が満たされた気がした。やっぱり……昨日のことは夢ではなかったんだ、と。

◆

ラファエラがお茶を出して一礼して出て行った。

広間に二人きりで取り残されるが……セシルは思わず言葉に詰まる。

一体何を話せばいいのか。

「あの……エドガー、貴方が仕えてくれるのは嬉しいのですが、辺境伯にご迷惑は掛かりませんか？」

言ってから我ながらなんと詰まらない話題だと自分にうんざりした
もっと他に言うことはあるだろう。心の中で地団太を踏みたくなる。

「大丈夫さ、中央とアウグスト・オレアスは遠いし、一応俺の親父はそこそこ偉いからね」

セシルの気を知らずかエドガーが気軽な口調で答えてくれる。

「それに、多少好きにしても文句を言われない程度には手柄は立ててきてるよ。姫様の心配には及ばないさ」

「そう……よかった」

人懐っこい笑みを浮かべるエドガーの顔が直視できない。

昨日のことは夢のようだけど……改めて見ると見事な美丈夫だ。

しっかり後ろに撫でつけられた髪、顔は目鼻立ちがはっきりしていて目線は鋭さを感じる。

しっかりした眉と引き締められた薄い唇。

歌劇《オペラ》では大剣を振るうが見た目は細面の優男のように言われていて、演じていた役者もそんな感じだった。

それを見たセシルも似たようなイメージを抱いていた。

しかし、実物は顔立ちに中性的な雰囲気はあるが、受けるイメージは男性的だ。

テーブル越しにもその肉体が発するオーラのようなものが感じられる。

アウグスト・オレアスの白狼という二つ名に誤りはない。凛々しい姿は草原で群れの先頭を走る狼のようだ。

ただ、改めて見ると初めて会った時の無頼な傭兵のような姿とイメージが全く重ならない。

「姫様。一つ聞きたいのですが」

沈黙を破るようにエドガーが口を開いた。

一体何を聞かれるかと思って身構えるが。

「姫様の部隊はどのように運用されているんですか？」

エドガーの質問は事務的な内容だった。思わず安堵のため息が出そうになる。

「一応私たちの兵団はサン・メアリ伯爵様の旗下ということになっています。命令はサン・メアリ伯爵から下される。何もない時は特に何事もありません」

普通の騎士や正規軍は平時は訓練しているが、セシルの旗下に付けられた兵士たちは自由に任されている。

訓練や編成などの雑務は副官のガーランドが仕切ってくれているが、セシルの部隊は傭兵に近いと言えるだろう。

「次の出撃は？」

「分かりません」

命令はいつも突然やってくる。

任務はいつも突然やってきて、その内容は過酷だ。

「じゃあしばらくは休みってわけだ……少なくとも明日は休みだよな」

「ええ」

セシルが答えると、エドガーが嬉しそうに頷いた。

「じゃあ、明日の夜に一緒に食事でもお付き合い願えませんか、姫様」

◆

食事に誘われる、なんていうことはセシルにとっては初めての経験だ。

ましてや男性からなど。

夕方、ラファエラに着付けを手伝ってもらう。

白のアンダースカートの上に緑のスカートを重ね、さらに同じ緑で統一した肩周りをあけたドレス。

ささやかなフリルが襟元に縫い付けられている。

緩めのコルセットで精いっぱいスカートをふんわりと広げた。

自分の姿を姿見に映す。

王族の姫となれば都で最新の華やかなドレスを纏うものだが、セシルにそんなものはない。

かなり贔屓目に見ても、ちょっとした商家の娘の衣装だけど、今はこれが精いっぱいだ。

「どうかしら?」

「よいのではないかと……というか私に聞いても仕方ないでしょう」

セシルの問いかけにラファエラが淡々と答える。

確かにそうなのだけど……もう少し別の言葉を期待していた。

約束の時間まであと少しだ。

時間が過ぎるのが遅くて待ち遠しい気もするし、でも会うのが恥ずかしい気もする、何とも言えない不思議な気持ち。

そんなことを考えていても時間は普段と変わりなく流れる。

五時の鐘が鳴るのと同時に馬車の車輪の音がして、ドアをノックする音が聞こえた。ラファエラが部屋のドアを開けて、行きましょうと言いたげに促す。

深く息を吸ってセシルも部屋を出た。

◆

ラファエラが正面のドアを開けるとそこにはエドガーが立っていた。

エドガーが一礼してセシルを見た。

「これは美しい……俺のために着てくれたのかい？」

エドガーが嬉しそうに言う。その言葉を聞いてセシルは胸をなでおろした。

少し気持ちが落ち着いてセシルもエドガーの方を見た。

エドガーの装いも都の流行とは少し違う。

白い模様が入った青い生地で仕立てられた男性の正装だが、貴族の男性の服で見られる腹や肩を膨らませるような詰め物がされていない。

その分、体の線がよく見える。

襟周りや袖もゆったりしたつくりで動き易そうだ。長身の彼には似合っている。

片方の肩には青の外套がかかっていて、つばの広い帽子をかぶっていた。

「これがアウグスト・オレアスの正装なんだが、どうかな？」

「あの……良いと思います」

「気に入ってもらえてよかった。なんせまあ俺は田舎者だからね」

エドガーが笑って、手を差し出してきた。

「では姫様、参りましょう」

セシルがエドガーの手を取る。戦士の硬くしなやかな指がセシルの細い指に絡んだ。

エドガーがエスコートするように手を引いた。

◆

表に待っていた辻馬車に乗り込む。エドガーが御者に何か言うと馬車が走り始めた。

でもどこに行くのだろうか。

宮廷の会食でさらし者にされたことを思い出す。

たくさん並べられたカトラリーのどれをとるか、どういう風に食べるか、正式な食事ではそれぞれ礼儀がある。

だがそんなものは本当に小さい頃に少し教わった程度だ。それを殆ど知らない彼女にとっては針で作られたクッションの上に座らされているかのようだった。

含み笑いを思い出して今も辛くなる。

窓の外の景色が、王城の近くの貴族の街区に入ってしばらく走って止まった。

御者がドアを開けてくれる。

そこは都でも有名な料理店だった。かつての貴族の館を改装したもので、王宮上がりの料理人が腕を振るっているという。

「都ではここが良いって聞いたんだが、どうかな？」

エドガーが聞いてくる。

うまく淑女として振舞えるだろうか。同行してくれている彼に恥をかかせるような無作法をしてしまわないだろうか。

「いらっしゃいませ」

衛兵を思わせる紋章入りの衣装に身を固めたドアマンが愛想笑いを浮かべるが、センルの方を見て顔をしかめた。

「どうした？」

「失礼ながら騎士様。どうもお連れの方がちょっと当店にはよろしくないかと」

ドアマンが薄笑いを浮かべて言う。

「どういう意味だ？」

「この方と同席されると皆が怖がるのです。何と言ってもこの方は……」

死姫だ、と言いたいのだろう。こういう言われ方にも慣れてしまった。

死を呼ぶ姫は縁起が悪い、と。

「そうか、どうも俺には合わないようだな」

僅かな沈黙があって、エドガーがセシルの手を取って門の方に向かった。

「またのお越しをお待ちしております」

後ろからの声をエドガーが強く石畳を踏んでかき消した。

「実を言うと俺としても無理してみたんだ……ここが良いって聞いたが、戦場もどこもそうだが、人に聞くだけじゃだめだな。自分の目と足が一番信用できる」

エドガーが明るい口調で言う。

「なあ、姫様。改めて俺に付き合ってもらえないかな？」

◆

辻馬車で移動した先は、貴族の街区からかなり離れた王都の西の街区だった。

城壁に近い旅人の宿屋などが多い地区で、お世辞にも格式が高い場所とは言えない。

「ここだ、ここで止めてくれ」

窓の外を眺めていたエドガーが御者に言って馬車が止まる。

御者が馬車のドアを開けてくれる。エドガーがさっと先に降りた。

「さ、姫様。足元に気を付けて」

そう言ってエドガーが手を伸ばしてくれる。

御者が見ていて少し気恥ずかしさを感じつつセシルはエドガーの手を取った。

エドガーがセシルを導くように手を引いて、セシルは馬車から降りた。

エドガーが御者と言葉を交わして何枚かの銀貨を握らせると、御者が一礼して馬車は走り去っていった。

ここはどこだろうか。周りを見回すがセシルにとって初めてくる場所だ。

周りには隊商宿が並んでいて、開いた窓から賑やかな笑い声と話し声が聞こえてきた。時折それに馬の鳴き声が混ざる。

「来たかったのはここさ」

エドガーが通りに立ち並んでいる店のうちの一軒を指さした。

赤と灰白色の煉瓦がコントラストを描いている頑丈そうな壁の大きな建物だ。

入り口にはキノコと魚を意匠化した大きめの看板がかかっていた。

ここも中から話し声と笑い声が聞こえている。それと聞きなれない打楽器の音と歌声。

オリーブオイルとチーズや肉の焼ける香ばしい臭いが漂っていた。

「ここは?」

「ここは俺の故郷、アウグスト・オレアス東部辺境領の料理を出す店なんだよ」

エドガーが言う。

「この街区は俺の家、ヴィリエ家の都の館があるところでね。同郷の人間も多いからこういう店もあるのさ。姫様、今晩は俺の流儀に付き合ってもらえるかい？」

エドガーが言う。

「ただ、姫には聊《いささ》か野趣に過ぎるかな」

「いえ……私は慣れていますからね」

「そう言ってもらえると嬉しいですね」

エドガーが本当に嬉しそうに笑う。

セシルは戦場での生活が長い。それにまともに淑女としての礼儀作法を教わる機会もなかった。

さっきのような一流のレストランに連れていかれる方が戸惑ってしまうかもしれない

◆

エドガーが分厚い木の扉を開けると、扉で遮られていた中の音が溢れるようにセシルの耳に飛び込んできた。

それとむせ返るような料理の臭いと不思議な香のような臭い。

エドガーが中に入るとぴたりと話し声と音楽が止まった。

一瞬戸惑うセシルだったが。

「おお！　これはこれは若様ではないですか！」

「エドガルド様、いつの間に都へ？」

「どうぞどうぞ、さあ奥へ！　一番いい席をご用意しろ、若様だぞ」

中の音が一瞬止《や》んで、すぐに大歓声が上がった。

皆に押されるようにセシルとエドガーが店の奥の大きめのテーブルの方に向かう。

広いテーブルには青いクロスが掛けられていて、大きめのソファが一脚置かれていた。

「おやおや、お連れ様がおられるのですな。若様も隅に置けない」

「どうぞどうぞ、こちらにおかけください。並んで座られますかな？」

誰かが茶化すように言う。

アウグスト・オレアスの者が多いなら私のことは知らないんだろう、と思った。でもそれがむしろ気楽でいい。

ただ。

「一緒に座る名誉をいただきますよ、姫様」

エドガーがソファの肘置きに手をかけて横に腰掛けようとする。

拒否するのはエドガーに失礼だけど、でも淑女として同じソファに座るなんていいのだろうか。

そんなことを気にしても仕方ないんだろうか。

それより同じソファに掛けるときっと肩が触れ合うほどになる。流石にそれは気恥ずかしい……というか平常心が保てるのか自信がない。

まさにエドガーが腰を掛けようとしたときに。

「若、いけませんぞ」

不意に横合いから声が掛った。

◆

声を掛けてきたのは60歳近い歳の男だった。

「淑女《レディ》に接するのにその振舞。それは非常に良くありません。あまりに慎みが足りませんぞ。大殿様がよく言われているでしょう。男たるもの紳士たれ、と」

顔には皺が寄っていて老いて見えるが、言葉には力がある。

痩せた体にはしっかり筋肉が付いており、姿勢も良い。

来ている服は簡素ではあるがしっかりした仕立てで、腰に吊るされた長剣も使い込まれた跡があった。

歴戦の戦士だろうということはセシルにも分かった。

「若は此方《こちら》にお座りなさい」

男が机の横に置かれていた椅子を引く。

エドガーが一瞬嫌そうな顔をして、渋々という感じで一人掛けの椅子に腰を下ろした。

男が満足げに頷く。

「そうです。若様。淑女《レディ》と接する時は礼節が大事ですぞ。よろしいですな」

男がそう言ってセシルの方を向く。

「では、失礼いたしました」

男が会釈して別のテーブルに戻っていった。

男に従うように、周りを囲んでいた者たちもそれぞれのテーブルに戻っていく。

「あれは俺の剣の師の一人でね。どうもああ言われると弱い」

エドガーがちょっと恥ずかし気に頭を掻《か》いた。

同じソファに座りたかった気もする……でも並んで肩や手が触れたりしたら……そう思うと今はこれでいいのかもしれない。

それでもやっぱり、などとセシルが思いを巡らしている時。

「お待たせしました、若様。まずはこれをどうぞ」

エプロン姿で髭面の太めの男が大きめの皿を運んできた。

◆

白い皿にはさいころのように四角く切ったベーコンとしんなりとソテーされたリンゴが並べられていた。

赤身の魚と乱切りにしたニンジンや芋を入れたスープのボウル。

それに、器のように成形されたパイ生地の中にキノコと何かの肉を煮たホワイトシチューを入れた料理。

マスターが手際よくそれぞれの料理を取り分ける。

「若様とお嬢様のお口に合うといいんですが」

「さあ、姫様。是非ご賞味ください」

そう言ってエドガーがフォークでサラダのベーコンとリンゴを纏めて口に入れる。

セシルもそれに倣った。

ベーコンの脂と塩味が、ソテーしたリンゴの甘みと酸味と混ざり合う。

フルーツのソースを使った料理は何度か食べたことがあるけど、それよりももっとはっきりした味付けだ。

サラダの次はスープをスプーンですくって口に運ぶ。

スープは魚の風味とセロリや香草の青臭い風味とレモンのような柑橘の味がした。最初は違和感を覚えたが爽やかな風味が口の中をすっきりさせてくれる。

「どうだい？　これも美味しいぜ」

エドガーがフォークで指したのは、パイ皮を器のようにして中にシチューを入れたものだ。

エドガーがナイフで器になっているパイ生地を砕くと中のシチューがトロリと広がった。

「パイと一緒に食べてみてくれ」

エドガーに言われるままに、スプーンでシチューとパイ皮を一緒に掬って食べる。

見た目が白いからクリームで煮たもののように見えたが、ヨーグルトのような酸味を感じる。見た目より爽やかな味だ。

キノコの歯触りとパイ皮のさっくりした感じ、柔らかい鶏肉、それぞれ違う食感が面白い。

「これが俺の故郷の味さ、どうだい？」

ひとしきり食べるとエドガーが聞いてきた。

「ええ、美味しいわ」

都では食べたことのない味だ。ハーブの香りが独特で、これがきっとアウグスト・オレアスの故郷の味なんだろう。

エドガーはこれを食べて育ってきたと思うと少し嬉しい。

それに今は仕草の一つ一つに気を張り詰める必要がない。

シンプルに料理を味わえている気がする。だから美味しく感じるんだろうか。

「こういうのは……連れてきて言うのもなんだが、平気かい？　味については自信ありだったんだが、ほら……なんというか」

エドガーが言葉を濁す。

大きな皿から料理を取り分けるのは庶民的な習慣だ。貴族はそれぞれの皿に分けられた料理を食べる。

「気にしないで、エドガー。大丈夫よ」

戦場にもコックを連れ歩き、宮廷のもののような素晴らしい食事を用意させる貴族もいる。

そこまでしなくとも、貴族の士官は戦場でもそれなりの食事を供されるのは常識だ。

しかしそんな贅沢はセシルには望めない。

一般兵と同じように大鍋からとった料理を食べるのが常だった。

……正直言ってそれを惨めに感じたこともあった。

でもそういう風に過ごしてきたからこそ、今日こんな風に楽しい食事の場に気兼ねなく加わることができる。

「若様、さあこちらもどうぞ、ヘリソンの誘惑です」

そう言ってマスターが大きな楕円のグラタン皿をテーブルに置く。

「これは気が利くな。ありがとう」

「お嬢さん、これがうちの名物です。熱いんで気を付けて」

そう言いながらマスターが手際よく楕円の深皿からグラタンをそれぞれの皿に取り分けてくれる。

いかにも焼きたての熱気とふんわりと柔らかいクリーム、チーズの香りが漂った。

「ヘリソンの誘惑?」

「そういう名前の料理なんですよ。ヘリソンはアウグスト・オレアスの昔の神官長でしてね、慎み深さで知られたヘリソンでもこの料理が出た時は慎みを忘れてテーブルに着く、なんて逸話があるんです。熱いうちにどうぞ」

マスターが言う。

エドガーが一口食べてセシルを見る。促されるようにセシルもスプーンで掬って口に運んだ。

火傷しそうに熱いとろけるようなクリームの香りとしっとりしたジャガイモ、それにサクサクした玉ねぎが混ざり合っている。甘いクリーム、塩味と苦みがあるアンチョビ、それを追いかけてくるハーブの香り。複雑で異国風《エキゾチック》な味だ

「さあ、歌おうぜ！」

「若様に！」

「故郷に」

誰かが言う。

四弦琴《ヴィオリーネ》のすこし物悲しさを感じる音色が響いて、しばらくして打楽器の音がそれを追うように混ざる。

しっとりしたゆるいリズムがアップテンポにきりかわって、一人が謳い始めた。

勇壮な戦いの歌、勇敢な兵士を称える歌だ。

よくとおる歌声に、周りが手拍子をして盛り上げる。

もう一口、セシルがグラタンを口に運んだ。熱いクリームが体を内側から温めてくれる。

明るく賑やかな雰囲気が心地よい。

この食事は、宮廷の儀礼に照らせば粗野で無礼となるのだろうと思う。

でも……今まで独りぼっちだった。

自分は厄介者だし、その自覚もある。しかも一応王族なのだ。ラファエラも遠慮して同じ卓では食事はとらない。

こんな風に二人で安らいだ食卓で食事を楽しむなんてことはなかった。

腫れ物のように扱われるわけでもなく、無視されたり阻害されるわけでもない。

温かい湯の中にいるような感覚。

「お嬢様、若様を宜しくお願いします」

「あんまり浮いた話がなくて……俺たちも心配してたんですよ」

「どうも若様はね……剣技は無双の腕前ですがなんというか、ちょっと何事も猪突猛進というか、無茶しすぎるんでね」

「手綱を締めてやってくださいな」

テーブルの周りに何人かの男女が集まってきてセシルに声を掛ける。

「おい、お前等、姫様に余計なことを言うんじゃねぇ」

エドガーが言って、思わずセシルが噴き出した。

猪突猛進はあの最初に会った時もそうだった。たった一人でゴブリンの群れに斬り込んでいったのだ。

目を合わせるとエドガーが気まずそうに目を逸らした。

「全く。余計なことばかり言うんじゃねぇぞ。俺のイメージが壊れるだろうが。アウグスト・オレアスの白狼だぞ」

「まあいいや、若様に！」

「姫様に乾杯！」

誰からともなく乾杯が始まって木のカップがぶつかり合う音と笑い声が響いた。

母と囲んだ穏やかな食卓とは全く違うけど、それでも本当に久しぶりの幸せな食卓だ。

◆

「楽しんでいただけましたか、姫様」

「ええ……ありがとう」

帰りは辻馬車で館の近くまで戻って後は少し歩くことにした。

夜風が心地いい。高く上った白い月に照らされた街並みは見慣れているけれど、今日は何か違って見える。

館まであと少しだ。もう少し話していたい気もする。あと百歩ほどの距離が短く感じる。エドガーの到着を待っていた時と同じような感覚。

歩いているところで、馬車の車輪の音が後ろから聞こえてきた。

いくつものランプを吊るした黒塗りに四頭立ての豪華な馬車。二人を追い抜いて行った馬車がそのまま走り去らずに止まった。

エドガーがセシルをかばうように前に立つ。

二人が見ている中、御者がドアを開けてステップを掛けた。恭しく手を差し出して頭を下げる。

そこから降りてきたのは赤いドレスに身を包んだ一人の少女だった。

「あら、お姉さま。奇遇ですわね」

◆
「エリーザベト……様」

カトレイユ王妃の娘、エリーザベトだ。セシルの腹違いの妹でもある。

しかし立場は全く違う。王妃の子であり正真正銘、この国の姫であるエリーザベトと、妾の子として生まれて戦場で戦うセシル。

同じ王族で妹だからといって呼び捨てになどできるはずはない。

御者が跪いて長いスカートの裾が地面に擦らないように僅かに上げる。

煌びやかな刺繍が入った赤の長いスカート、それに膨らんだ肩のマフに長手袋。

あちこちにレースとリボンがあしらわれた都の最先端の作りのドレスだ。

巻くように整えられた金色の美しい髪にはドレスと揃いの赤いリボンが巻かれている。

王譲りの大きめの青い瞳と整った顔立ち。

頬にさされた薄い紅と赤い唇、それに目の周りの黒いラインが肌の白さを際立たせている。

豪華なドレスに負けないほどの美しさと高貴な雰囲気。

久しぶりに会うが、非の打ちどころのない淑女の姿に浮かれた気分が冷えた。

「一応、お姉さまも王族に連なるものでしょう？　そのような庶民のような格好で外出なさるなんて。

ここを戦場と勘違いなさっておられるのですか？」

エリーザベトが揶揄するように言って、わざとらしく手で口元を覆った。

「それにひどい……野卑な草の臭い。何を食べたのですか？」

美しく着飾った王族の淑女《レディ》である彼女と比べて自分はみすぼらしいとしか言いようがない。

目を合わせると惨めな気分になる気がしてセシルは俯いた。

「それで、その横の殿方はどちら様ですか」

「エドガーと申します。先日から姫にお仕えしております」

エドガーが淡々とした口調で返答する。

「見ない顔ですね……どこぞの騎士か何かですか」

「まあそんなところです」

エドガーがはぐらかすように答える。

あの日のことは宮廷の中のひと騒動に留まっている。エドガーのことはまだ知られていないらしい。

「粗野な田舎剣士と下賤な血を引くお姉さま、全くお似合いですが……貴方も仕える相手を選ぶべきですよ。それともお姉さまの部隊に入るしかない程度の下級騎士なのですか？」

エリーザベトがエドガーに向かって言う。

「僭越ながら王女様。この方にお仕えすることを選んだのは私の意思です。庭園の華やかな赤いバラもいいですが、花の美しさの本質はそれだけではありません。私は野に咲く白いバラの傍に居たいと思っております」

エドガーが静かに言い返した。赤いバラがエリーザベトのこと、白いバラがセシルのことを指しているのは明らかだ。

エリーザベトの表情が一瞬強張って、薄笑いを浮かべる。

「騎士風情が……なかなかいい度胸ですね。全く」

エリーザベトが言う。

「行きますよ。こんなところにいたらこの臭いが移りそう」

エリーザベトがそう言うと御者が一礼した。エリーザベトが豪華な馬車に乗り込む。

二人を残して、馬車が走り去っていった。

第12話　王国暦270年6月8日　リザードマンの討伐

あの食事の日から二週間ほどが経った。

エドガーは定期的にセシルの館に現れては、お茶を飲んだり色々と話をして行く。

そして、今日も同じようにエドガーが館に来ていた。

ラファエラがもはや当たり前のように準備していた二人分のお茶を出して部屋を出ていく。

「やあ、姫様。今日もお美しい」

二人きりになると、エドガーが言う。

来るたびにそういう風に言われるといつも似たようなドレスでいるのが恥ずかしくなってしまう。

「あの、エドガー、いつも来てくれるのは嬉しいのですけど……貴方にもやることがあるのでは？」

「剣の稽古は怠りありませんよ。それに今は俺は姫様にお仕えする身ですからね。お傍に居るのが仕事と心得ております」

そう言ってエドガーが頭を下げてくれる。

普段着のことなんて考えたことはついぞなかったけど、なにか仕立ててもらう方がいいんだろうか。

でもこの間のエリーザベトのような華やかなドレスは似合わないだろうし。

どうすればいいのか分からない。

そんなことを考えつつお茶を飲んでいたところで。

「姫様、エドガルド様。失礼します」

ホールのドアがノックされてラファエラが入ってきた。手には白い大きめの封筒が握られている。

赤い封蝋《ふうろう》にサン・メアリ伯爵の紋章が捺されていた。

「……命令書だわ」

穏やかな夢を見ていたところで突然起こされた気がした。

出撃命令だ。

そうだ……当たり前だけど永遠にこんな風に過ごすことはできない。

◆

命令書が届いて一週間後、出撃命令の日。

普段通りサン・メアリ伯爵の陣営に行くとすでに兵士たちが勢揃いしていた。

ただ普段と違うのは、全員が揃いの青い軍装を纏っていることだ。

間違いかと思ったが、同じ軍服を着たガーランドがセシルの前に進みでてきて、ようやく間違いでないことが分かった。

「気を付け！　姫様に敬礼！」

ガーランドが言うと兵士たちが足を鳴らして敬礼する。

今までの寄せ集めの兵士という雰囲気はもうない。

「これは？」

「勝手と思ったが……俺が用意した」

これまた同じ軍装を纏ったエドガーが言った。

エドガーのものだけは外套に大きく狼の文様が刺繍されている。

「……なぜです？」

彼がこんなことをする理由はないはずだ。

「いくつか理由はあるんだが……まずは揃いの隊服ってのは兵士たちの団結力を生む。まあこれはアニキの受け売りだが」

エドガーが言ってガーランドが頷く。

そういうものなんだろうか。でもこの二人がそう思うならそうなんだろうとセシルは思う。

二人とも様々な戦場を潜り抜けた猛者だ。

「二つ目は、装備がきちんとしていると士気が上がる。これは大事だ……三つ目は、また今度に言うよ」

自信満々にエドガーが言う
もしかして、あの時にエリーザベトに揶揄されたことを気にしてこんなことをしてくれたのだろうか。

でも。

「でも……どこにそんなお金が？」

二百人の兵士分の隊服は相当な額のはずだ。

それに加えて白地に青の吹き流しのような旗がはためいている。

旗には魔法の杖を持った女性の横顔をモチーフにした図案が意匠化されていた。

他の旗には狼と鳥の文様。どちらも手が込んだ作りだ。

「アウグスト・オレアスの館から出させた。一応俺にも動かせる金はあるのさ。本来はバレずに武者修行のつもりだったんだが、バレちまったから、まあね」

エドガーがこともなげに言って、兵士から青い上衣《うわぎ》を受け取った。

「では、姫様はこちらを」

そう言って青い上衣をふわりとセシルに掛ける。

青を基調とした鳥の羽のような模様が入っていて、裾と襟元には白い白鳥の羽が植え込まれている、上質のものだ。

「失礼、姫様」

エドガーがそのまま上衣の前の組み紐を結ぶ。

あまりの近さと胸元に触れる指先にセシルの体が強張る。鍛えあげられた体の熱が伝わる気がした。

◆

「今回の任務は？」

「リザードマンの群れの討伐です」

「リザードマンか、それはまた厄介な連中だな。俺たちだけかい？」

普通は騎士団二つを動員して行う規模の討伐だが……王妃様の差し金だろうか。

この間のエリーザベトとのやり取りを思い出す。

「ええ、そうなります」

「つまらない嫌がらせかな……だが好都合だぜ、姫様」

エドガーが察したように言って不敵に笑った。

「なぜです？」

「困難な任務の方が成功した時の戦功はデカい。しかも今回は後詰がいないならこの間のように手柄を横取りされることもない」

エドガーが言うが……そう簡単にいくだろうか。

「俺と姫様。それにここの勇敢な兵たちがいれば問題ないさ、なあ、皆そうだな！」

エドガーが兵士たちに呼びかけると、兵士たちが槍を掲げて応じた。

◆

二日の行軍を経て、セシルたちは今回の目的地であるリーザスに到着した。

それなりに長い移動だったが兵士たちの表情は明るい気がする。新しい揃いの隊服が士気を上げるというのは本当のようだ。

「お待ちしておりました」

街の執政官の館に行くと、50歳くらいの痩せた男性執政官と若い戦士風の男が何人か出迎えてくれた。

「状況は？」

戦士風の男は街の自警団だろう。あちこちに傷があって頭と左目には包帯が巻かれていた。

「リザードマンの群れです。恐らく数は百体ほど。南の湖沼地帯で縄張りから追い出されたようです」

リザードマンは荒れた湖沼地帯に棲《す》み着《つ》いている。

人間にとっては近づきがたい場所だから、本来は人の活動領域とは重ならないが、群れが移動してきたりすると、このように人間の街の近くに現れることもある。

リザードマンと人間が戦うことが少ないのは生息領域が重ならないからというだけに過ぎない。

特に人間に友好的なわけではなく、知性は多少の武器を使う程度はあるものの獣に近い。

縄張り意識が強く攻撃的で雑食性で何でも食べるので、縄張り内ならば家畜でも人でも食い荒らしていく。

厄介な存在だ。

ゴブリンに比べて体は頑丈で単体では人間が対抗することは難しい。

恐らく自警団も抵抗はしたのだろうが、正規兵であっても正面から戦えば危ない相手だ。

農民や市民で組織された自警団では荷が重すぎる相手だろう。

「抵抗したのですが……南の湖の水辺を奪われました。川沿いも危なくて近づけません」

「お願いします。何とかしてください」

「あの辺の畑を奪われたら俺たちは食っていけないです」

「どうかよろしくお頼みします」

そう言って執政官たちが頭を下げた。

◆

翌日。休息をとったセシルたちはリザードマンが巣を作っている水辺が見える丘の上に居た。

兵士たちはすでに隊列を組んで準備万端だ。新しくあつらえた旗が初夏の青い空にひるがえっている。

「今回も俺が斬り込む。いいよな」

「分かりました」

「御武運を」

当たり前のようにエドガーが作戦会議を仕切っているがそれを咎める者はいない。

彼がアウグスト・オレアスの白狼、ということは部隊中に知れ渡っているが、それより彼が先の戦いで示した強さは誰もを納得させた。

強い者は味方を支え、味方はその強い者に導かれ士気が上がる。

戦いにおいて先頭に立ち士気を高める者がいるのといないのとでは、兵士たちの戦意に天と地ほどの差が出る。

「とはいえリザードマンを全部は倒せない。姫様を頼むぜ」

「お任せください」

ガーランドと歩兵を率いる騎士が一礼する。

「リザードマンは槍を使う奴が多い。こっちも長槍で迎え撃て。上から叩くようにするのが効果的だ。近づかせると苦しいからな」

「戦闘経験があるのですか？」

「ああ、何度か。油断するなよ。ゴブリンより遥かに硬いししぶといぞ」

エドガーが言う。

「弓兵は左右に展開。弩《クロスボウ》で援護を頼む。あいつらには普通の矢は通らない」

「了解しました」

弓兵の指揮官がエドガーの言葉に応じる。

「姫様は魔法で援護をお願いします。頼りにしてますよ」

「ええ」

◆

長槍で武装した歩兵を前衛として、セシルの軍が湖の傍に展開した。

腰ぐらいまである長い葦が生い茂っていて視界が悪い。足元も水を含んでいて歩きづらい。

少し暑い太陽に照らされて湿気が立ち上っていた。

青い空と長閑な景色は今から血腥《なまぐさ》い戦闘が行われるなんてことは感じさせない。

湖の周りの茂みが蠢いて粗末な槍の穂先が覗いた。

それに遅れて三メートル近いリザードマンの巨体が姿を現した。長い首と牙が伸びたトカゲの顔。

緑の鱗に覆われた巨体は遠目にも威圧感がある。

こっちを見たリザードマンの群れが巨体に似合わない速さでこっちに駆けだしてきた。

足音と水を撥《は》ね飛ばす音が静けさを破って響く。

「弓兵！　放て！」

命令が響いて弩の弦の音が立て続けに響く。

長弓より遥かに強くまっすぐ飛んだ矢がリザードマンの群れに命中した。

だが致命傷には程遠い。何体かは足並みを乱すが、矢が刺さったまま突進してくる。

「では姫様、行ってきます」

散歩にでも行くような気楽さで言って、エドガーが獣憑きの光を纏って突進した。

何本かの投げ槍がエドガーに向かって飛ぶが、それを大剣が悉く打ち払った。

再装填が済んだ弩の矢が飛んでリザードマンの群れに突き刺さる。

リザードマンの群れに飛び込んだエドガーが大剣を振り回す。

剣が光の円を描くようにしてリザードマンを狩り殺した。

青色の血が飛び散ってリザードマンが次々と倒れる。

だが流石に一人で全てを倒すというわけにはいかない。

エドガーの剣を逃れたリザードマンの一部がセシルたちの本陣に向けて突進してくる
「迎え撃て！　半分は槍を前に突き出せ。半分は槍を高く掲げよ！」

「mur de pierre et haut château, protégez notre chevalier」

ガーランドの命令と同時に、セシルの魔法が発動した。

濡れた地面から岩が次々と突き出す。石壁に遮られてリザードマンの突進が止まった。

走った勢いそのままに突っ込まれたら歩兵の槍部隊も蹴散らされていたかもしれないが、これならばそんなこともない。

「歩兵前進！」

歩兵を率いるガーランドたちの命令が飛ぶ。

槍を水平に構えたまま兵士たちの隊列が前に進みだした。岩を乗り越えたリザードマンが向けられた槍におびえたように足を止めた。

そこを振り下ろされた槍が打ちのめす。

尚も奇声を上げて突撃してくるリザードマンだが、次々と槍に突き刺されて倒れる。

歩兵とリザードマンの攻防が続き、兵士たちの声とリザードマンの鳴き声、硬いものがぶつかり合う音が交錯する。

ついにリザードマンの隊列が崩れた。

一部が逃げようとして、後ろから突っ込んでくるリザードマンとぶつかり合って混乱を起こした。

そして、この攻防はセシルの詠唱の時間を稼ぐには十分だった。

「tempête de neige blanche, tous les ennemis sont gelés et reposent dans la glace」

詠唱が終わると同時に周囲の気温が一気に下がる。

僅かな間があって、湧き上がるように白い嵐がまき起こった。逃げようとするリザードマンの群れを捉える。

しばらくして唐突に身を切るような寒さと風が止む。

緑の草地の一角が真っ白に染まっていて、そこには葦とリザードマンの群れが氷の彫像のように並んでいた。

兵士たちが驚きの声を上げる。

彼らが見守っている中で、リザードマンの体が砂糖菓子のように粉々に砕け散った。

セシルがエドガーの方に目をやる。

無数のリザードマンの躯の中央に立つエドガーがセシルの視線に気づいたように手を振った。

◆

むせ返るような血の臭いの中、いつも通り周囲を警戒していた兵士たちが、警戒を緩めた。

もはや動くものはない……リザードマンの群れは全滅した。

「犠牲者は？」

「今回も一人もいません」

ガーランドが信じられないという口調で言う。

どれだけ強い兵が有利な地形に陣取ったとしても、完全に犠牲を出さないなんてことは殆どできない。

流れ矢や投石を受けるだけで人は容易く死ぬ。

それに魔獣は人間より圧倒的に膂力が高くしぶとい。接近戦で斬り合いになれば犠牲は避けられない。

指揮官は常に犠牲を減らすべく戦うが、犠牲なしでの勝利などほぼあり得ないことだ。

二度の出撃で二度とも、というのは恐らく王国の歴史史上類がないだろう。

「それは……良かったです」

死姫などと呼ばれて忌避される故に、新規の志願者は少なく、訳アリの者が多いため転出者もいない。

だからセシルの兵団の兵士はあまり入れ替わらない。

そして、だからこそ兵士一人一人のことがある程度分かってくる。

誰にでも妻が、親が、子がいる。兵士一人の犠牲は数としては少ないのかもしれないが、その一人は誰かにとってかけがえのない一人だ。

「ところで姫様」

ガーランドと各部隊の指揮官の騎士たちが表情を引き締めて跪いた。

「姫様……これほどのお力をお持ちだったのですね」

「今まで我らが不甲斐ないばかりにご無理をおかけしていた」

「まことに申し訳ありません。お許しください」

ガーランドたちが口々に言う。

「いえ……そんな風に思う必要はないです」

今まで自分を守って倒れていった無数の兵士を覚えている。

「どうだい？　皆、無事か？」

そんな話をしているところでエドガーが大剣を片手に戻ってきた。

リザードマンの群れに単騎で突撃してきたはずなのに傷一つない。それどころか青い外套には血の汚れすら殆どない。

来た時そのままのようで違和感に囚われそうになるが。

遠く向こうに散乱している彼に斬られたリザードマンの躯が確かに戦いがあったことを物語っていた。

エドガーがガーランドを促すように視線をやった。

ガーランドが頷いて剣を高く掲げる。

「兵たちよ！　勝鬨を上げよ！」

「セシル姫様万歳！」

「エドガー殿万歳！」

「勝利に！」

青空に兵士たちの声が響いて旗が振られた。

◆

行きと同じく二日間の行軍を経て王都に帰還したセシルの隊を待っていたのは沿道を埋め尽くす民衆たちだった。

戦に勝ったり討伐を済ませて都に戻った兵士たちを出迎えるのは一つのお祭りのようになっている。賑やかで雑多な音楽。あちこちの屋台から上がる香ばしい何かが焼ける臭い。

この光景自体は珍しいというほどではない……しかし自分たちの凱旋パレードなんてものは初めてだ。

「これは一体？」

思わずセシルの口から戸惑いの声が漏れる
「当然だろ。ゴブリンの群れの討伐にリザードマンの群れの討伐。どっちも楽な任務じゃない。しかもどっちも犠牲なしだからな」

セシルとともに戦列の戦闘で馬を歩ませるエドガーが答えた。

「そして、この軍装を揃えた理由の三つ目だ。凱旋する時に姫様の兵がみすぼらしい格好は良くないだろ」

セシルが後ろを振り向く。

不揃いな装備での行軍ではなく、全員が青に染められた揃いの軍装を纏い装備を揃えた行軍は見栄えが全く違った。

先頭を歩く兵士が旗を高く掲げる。戦乙女のモチーフを刺繍した長い布の旗が風にはためいた。

兵士たちの足取りも普段より誇らしげだ。

歓声を聞いて面映ゆそうな顔、嬉しそうに手を振る姿を見るとセシルも少し嬉しくなる。

周りの家から花吹雪が降ってきた。

「さあ、姫様、あなたは指揮官なんだから、民の声に応えないと」

エドガーが言うが。

「応えるって?」

「こうするのさ」

エドガーが馬を寄せてきてセシルの手を握った。そのまま二人で手を高く差し上げる
一際歓声が大きくなった。拍手の音と歓声がまるで雨が降ってくるように感じる。

「すごいね、女の人なのに勇敢なんだね」

「格好いいね」

「魔法使いなんだって」

「違うよ、お姫様なんだよ」

「王様の代わりに戦ってくれてるのかな?」

「すごいね。魔法なんて劇でしか見たことないよ」

「ねえ、あの横の騎士様は誰？　誰か知ってる？」

沿道を走って追いかけてくる子供たちの声が聞こえた。

小さく手を振るとその子たちが嬉しそうに手を振り返してくれる。

「言ったろ、勝てば全てが変わるってね」

エドガーが言う。

そうなるといいとは思ったが、此処まで変わるとは思わなかった。

「そういえば、もう一つ。軍装を揃えた理由があるんだ」

「なんです？」

エドガーがセシルをまっすぐに見る。

「普段の清楚な緑のドレスもいいんだが、こっちも似合ってるよ。その金の髪と青の衣装はよく合ってる。それに姫様は背が高いし手足もすらりとしている。野を駆ける鹿のようだ」

見つめられて思わず恥ずかしくなってセシルが顔を逸らした。

「まあ、要するに俺の主の凛々しい姿を見たかった……これは完全に俺の勝手だが、このくらいはいいだろ？」

◆

この凱旋の行軍を苦々しい思いで見ている者もいた。

王城のテラスからその様子を見ていたエリーザベトだ。

「なんてことなの。こんなはずじゃなかったのに」

遠く離れたテラスからでも沿道に詰めかけた民衆の姿は見える。

その歓声も聞こえてきた。きっとこのお祭り騒ぎは夜まで続くだろう。勿論、その話題の中心はセシルとエドガーだ。

リザードマンの討伐は正規軍でも難しい任務だ。

エリーザベトの計画ではセシルの軍は無様に敗れ去ってボロボロの泥まみれの状態で戻ってくるはずだった。

それがまさか一人の犠牲もなく凱旋することになるなんて。

しかもこの間会った田舎剣士はアウグスト・オレアスの白狼だという。彼のことは知っている。

ジェヴァーデンの戦いを描いた歌劇《オペラ》はエリーザベトも観た。

「一体どういうことよ。なぜお姉さまとアウグスト・オレアスの白狼が一緒に居るのよ」

エリーザベトが憎々し気に言って手にしたグラスを床に叩きつけた。

ガラスの砕け散る甲高い音がして、傍についていた侍女がおびえたように身を竦めた。

ワインが床のカーペットに赤いしみを描く。

「妾の子の分際で。そんなことは許さない」

◆

「此処に姫様の母上がおられるんだな」

「ええ」

リザードマン討伐の功績を認められて、母との面会の許可が出た。

前に会った時から二か月ほど。これだけのペースで会えるのは久しぶりだ。

しかも今までと違って、兵士の犠牲もなく無理な魔法で体を削ることもなく来れた。

石造りで圧迫感を感じる建物だが、今日は少し気が楽だ。それに今日はエドガーがいてくれる。

母の部屋がある廊下の奥にはいつも通り衛兵がいた。衛兵がエドガーの方を怪訝そうに見て一礼する。

「では姫様。こちらを」

扉を守る衛兵がいつものように赤い砂が入った砂時計を差し出す。

セシルがそれを受取ろうとした時、その砂時計をエドガーが横からひょいと取り上げた。

「何をする？」

衛兵が険悪な口調で言ってエドガーを睨んだ。

「なあ、この砂時計の砂が落ちる間、面会できるってことなのかい？」

「その通りだ。王妃様のご命令だ」

衛兵が応じる。エドガーが衛兵の肩に手を置いた。

「なあ、衛兵殿、姫様は未曽有の戦果を上げられた。それは知っているだろう。ならば多少の特例は認められてしかるべきだ、そうは思わないかい？」

「そうはいかん。王妃様のご命令だ」

強い口調で衛兵がエドガーの言葉を拒む。エドガーが頷いた。

「役目に忠実だな、騎士の鏡と言っていい。だが、少し疲れているように見える。それにこの砂時計……ずいぶん使い込まれているな。いつも働いてそうじゃないか。扱き使うのは酷ってもんだ。君もこの砂時計も休息が必要に見えるぜ」

そう言ってエドガーが傍らの机に砂時計を横に倒した。

「そう思わないか？」

エドガーが念を押すように言う。衛兵がセシルの方を見て首を振った。

「……お前の言いたいことも分からなくはないがな……私にも立場が……」

「大丈夫だ。何か言われたら狼にほえられた、と言えばいいさ。アウグスト・オレアスの白狼にな」

「アウグスト・オレアスの白狼……だと？」

その衛兵がエドガーをまじまじと見た。

「まさか……あなたが？」

信じられないものを見るような衛兵に、エドガーがにやりと笑って頷いた。

「今はセシル姫様旗下だ。なあ、衛兵殿、名前は？」

「ロイアーです」

衛兵が姿勢を正して答える。

「さあ狼に追われて外に出よう、ロイアー。狼はしつこく追いかけてくるだろうからな、近くに山があっただろ、そこに逃げ込むのがいい。ワインとパンでも持って行こう。勿論街でもいいがね、まあ歩きながら決めようじゃないか」

そう言ってエドガーが親し気にロイアーと肩を組む。

「姫様、今日は時間を気にせずにいてもいいそうです」

エドガーが言って衛兵と一緒に廊下を歩いていく。

砂時計は机の上に転がったままだった。

◆

「セシル、会えて嬉しいわ」

ドアを開けるとマルグリッドが立ち上がってセシルを出迎えた。

部屋の中は前よりも少し快適になっていた。サン・メアリ伯爵が気を配ってくれたのだろう。

母も少し顔色がいい気がする。

「母上もお変わりなく」

「ありがとう……いつも苦労ばかりかけるわね」

マルグリッドが言ってセシルを怪訝そうに見た。

「今日は……砂時計はないの？」

「ええ、ありません。だからゆっくりお話しできます」

マルグリッドの顔に不思議そうな表情が一瞬浮かんだが、すぐに納得したように嬉しそうな微笑みに変わった。

「少し顔色がいいわね……なにかいいことがあったの？」

マルグリッドが少し不思議そうに尋ねる
「ええ、お母様」

エドガーのことを想う。

彼と出会ってから一月ほどだが、一月前には今のようになるなんて想像することもできなかった。

でも、母の境遇は変わっていない。この狭い部屋に閉じ込められたままだ。

……私だけこんな風に幸せになっていいんだろうか。

「貴方の幸せが私の幸せよ」

マルグリッドがセシルの心の内を察したかのように言った。

「さあ、そんなことより時間があるなら聞かせてちょうだい。最近はどう過ごしているの？」

「はい、母上」

その日は時間を気にすることなく夜まで語り合った。今のこと、エドガーのことも。

マルグリッドはそれを静かに聞いてくれた。話したいこと、聞きたいことはいくらでもあった。

普段なら砂時計を見ながら寸暇を惜しんで話さないといけない。

でも今日はそんなことをする必要はない。何もせずに手を握り合うという贅沢な時間の使い方もできる。

話し続けているうちに、太陽が傾いて部屋の中に差し込む光が次第に赤く変わってきた。

影が長く伸びたころにドアがノックされる。ドアが開けられてロイアーとエドガーが入ってきた。

「姫様、もうじき夕食時でして……召使や侍女が参ります。どうかここまでで」

ロイアーが申し訳なさそうに言う。

マルグリッドが手を広げた。セシルがマルグリッドに体を寄せて、固く抱き合う。

互いの存在を確かめるような抱擁を終えて、セシルとマルグリッドが離れた。

「ありがとう」

「無理を言って悪かったな、ロイアー」

「いいえ、名高きアウグスト・オレアスの白狼にお会いできる機会があろうとは思いませんでした」

ロイアーが嬉しそうに言う。

「では、母上」

「セシル……無事でいてね。エドガー様、セシルをどうか宜しくお願いします」

マルグリッドがエドガーに向けて深く一礼する。

「ご案じなさいますな。母君。姫様は必ずや俺がお守りします」

エドガーが言った。

◆

城の外に出るともう日は沈みかけていて、空は赤紫に染まっていた、
都に帰ったらかなり遅くなっているだろう。城門のところにつないだ馬に飛び乗る。

ラファエラがいつも通り夕食の支度をしてくれているはずだけど、とてもいつもの夕食の時間には間に合いそうにない。

こんな風になるなんて考えもしなかった。

「ありがとう、エドガー」

「いえいえ、姫様のためならこの程度、お安い御用ですよ」

エドガーが言って自分の馬をセシルの馬に並べた。

母の部屋の方を見る。暗くなり始めた中で、窓から漏れる明るい光が灯台のように見えた。

エドガーが前に言ったことを思い出した。手柄を立てれば全てが変わる、と。

二人で手柄を立て続ければ……母をこの牢獄から連れ出すこともできるだろうか。

幕間　とある国境線

風きり音を立てて城壁の下から矢が飛んだ。

殆どが分厚い城壁のレンガにぶつかって跳ね返るが、一本が城壁の上で弩を構えていた兵士の肩を貫いた。悲鳴が上がってその兵士が倒れ込む。

「大丈夫か、シャルル」

「医療兵！　怪我人だ」

城壁の下から波の音のように聞こえるイシュトヴェインの歩兵の鬨の声と、城壁の上で反撃するフォンティーヌの兵士たちの怒号。

弓の弦の音と鎧の金属部分のぶつかる音、兵士たちの足音と馬の鳴き声。

そこに隊長の声が混ざり合った音に負けない大きさで響いた。

後ろに控えていた兵士たちが怪我人を引きずっていって、鎧を外して手際よく包帯を巻いていく。

致命傷ではないが、矢には毒が塗られていることもある。油断はできない。

「怯むな！　打ち返せ！　装填が済み次第各自応戦！」

イシュトヴェインとフォンティーヌの国境の防壁。

その一角を任された騎士フィリップが命令を下し、兵士たちが応じて次々と城壁の上から矢と石が降り注ぐ。

下からイシュトヴェインの兵士たちの悲鳴が聞こえた。

◆

攻撃が開始されて数刻後、イシュトヴェインの兵士たちは引き上げて行った。

フォンティーヌ側にも追撃をするほどの余力はない。

兵士たちが使えそうな矢を回収し怪我人の手当てをする。

フィリップは防衛用の城壁の中を見て回った。

幸い被害は軽微だ。それに真剣な攻撃ではない。投石器や攻城用弩《バリスタ》のような大型兵器はなく、騎兵に率いられた三百人程度の歩兵と弓兵だけだった。

力押しでここを落とすにはその五倍は必要だろう。

「ご報告します、隊長」

声を掛けてきたのは傭兵上がりの従士であり副長のロンヴァルドだった。

あちこちに傷があり顔は汗と埃にまみれているが、疲れた様子は見えない。

「死者はなし。負傷者は十五名。重傷者は二名です。一応騎兵に周囲の様子を探らせています。使えそうな矢は回収中です」

「よし」

がっしりした体格と戦歴を語るような向こう傷。戦士然とした見た目だが、気配りが行き届いていてやることに抜かりはない。

実戦経験豊富なたたき上げのロンヴァルドは、騎士の家に生まれてまだ20歳と実戦経験が多いとは言いかねるフィリップとしては頼れる存在だった。

35歳で一回り以上も上だが若い自分を侮らずに仕えてくれているのもありがたい。

「最近多いですね」

ロンヴァルドが言う。

「王陛下の不在が響いているな」

そう答えるとロンヴァルドが頷いた。

国王ヴォルド3世はイシュトヴェインとの戦で負傷し、その後は流行病を得て長く国政の中心から離れている。

カトレイユ王妃とその側近が不在を埋めているが、やはり王に比べると頼りなさは否めない。

不在が長くなり国内の貴族にも動揺が見られる。

「分かってもらえるか?」

「ええ、傭兵団でも団長がいるのといないのとでは士気にかなり差が出たもんです」

「なめられているのさ」

王自身にこれといって高い戦闘能力があるわけではない。

当たり前ではあるが、神話で語られる英雄王のように、剣の一振りで地を穿ち天を薙ぐ、などということはできない。

しかし、王自身が先頭に立ち指揮を執るというのは兵士たちを奮い立たせる。

不思議なものだがそういうものなのだ。

戦は塀の高さや武器の数だけで決まるものではない。むしろそれは副次的要因に過ぎないとさえいえる。

そういうことは先任の騎士たちに何度も言われたものだが、この城壁の守護を任されて何度かの実践を経てようやくフィリップにも分かってきた。

戦うのは兵士たちであり、その戦意を支えるのは守るべきものの存在だったり、命を捧げるに値するものだったりする。

何万本もの矢も高い城壁も、戦う意思がある兵がいなければ張り子の虎だ、役に立たない。

「威力偵察でしょうか」

「そうだろうな」

当たり前だがイシュトヴェインも暇に飽かせて攻撃してきているわけではない。

こちらの状況を探っているんだろう。来るべきもっと大規模な侵攻のために。いずれ本格的に装備を整えた本隊がこの城壁を襲うだろう。

それがいつかは分からないが。

「よし、俺は負傷者を見舞う。酒舗を開けて皆にワインを一杯ずつ振る舞え。ただし緊張は切らさないように。また攻撃が来る可能性があるからな」

「承知しました、隊長殿」

ロンヴァルドがにやりと笑って一礼する。

「隊長殿の許可が出たぞ。配食係、ワインを出せ。ただし飲みすぎるなよ！」

ロンヴァルドが言うと兵士たちが歓声を上げた。

城壁内に漂っていた淀んだ雰囲気が少し柔らかくなる。

自分が命を捧げるに値する指揮官でなくてはならないと思ってからは、自分の振舞も変わってきたように思う。

兵士たちが従うのは、騎士の地位でも鎧に張った紋章でもない、お前自身だ。何度も父や先任の騎士に言われた言葉を思い出す。

王が不在であろうとも、ここを抜かせはしない。

しかし。改めて城壁を見る。堅牢ではあるがつくりは古くあちこちにガタが来ていることは隠しようがない。

本格的な侵攻になった時守りきれるだろうか。

普請をしたいところだが、なかなか予算が下りてこない。

都の危機感が薄いのが気になるところだ。

幕間　王と王妃

「ご報告します、陛下」

広々とした寝室にカトレイユ王妃の冷たさを感じる声が響いた。

中央に何枚もの布を重ねた天蓋がつけられた寝台が置かれる部屋には、天窓と大きく取られたガラス窓から暖かい太陽の光が差し込んでいる。

ベッドには国王であるヴォルド三世が横になっていた。

人払いをされた部屋には二人だけしかいない。

王の部屋としては華美ではないが、調度品も壁紙も控えめな文様がはいり、落ち着いた上品な雰囲気を漂わせている。

適度に温められた部屋は快適な温度に保たれていた。

「イシュトヴェインが今月は四回国境に押し寄せています。ですが本格的な侵攻ではありません。いずれも我が方が勇戦し撃退しています。小麦の実りが今年はあまり良くなかった影響で、小麦粉の価格が上がっています。価格のつり上げをしている商人については、厳しい対応で臨むつもりです」

傍らの机に置かれた書類を取り上げて、明瞭に王妃が話す。

「苦労を掛けるな、王妃よ」

ベッドから体を起こしたヴォルド三世が応じる。

イシュトヴェインとの戦いで受けた矢には特殊な毒が塗ってありその毒が体を弱らせた。そして、その後、体調が回復せぬままに政務に復帰したところで流行病に倒れた。

かつては鎧を着こなし戦場で指揮を執った彼だが、今はそれはできないだろう。

鍛え上げた体は痩せてしまってかつての面影はない。

今は離宮の庭を散歩するのがせいぜいだ。

頭脳に衰えはないが、様々な重圧がかかる過酷な王としての政務をこなすのは難しいだろう。

心をささえるのは体である、とはよく言われることだ。

「魔獣は今のところ小康状態ですが、南部湖沼でリザードマンの群れが目撃されました。一部の群れはセシルの隊が討伐しました」

カトレイユ王妃が言うと、ヴォルド三世の顔に複雑な表情が浮かんだ。

愛娘の成長と活躍を喜ぶ父の気持ちと、危険な戦いに挑む彼女を案ずる気持ち、そしてそれをさせているカトレイユ王妃を咎める気持ち。

その表情もすぐに消えた。

カトレイユ王妃もそれに気づかないふりをする。

「分かった。この後も頼むぞ」

「それでは、王陛下……ご自愛を」

カトレイユ王妃がベッドに歩み寄って、ヴォルド三世に顔を寄せて唇を触れさせる。

短いキスが終わって王妃が一礼して部屋を出た。

◆

「ご苦労様です、王妃様。実家から書簡が参っております」

「分かりました」

控えの間で待っていたロンフェン宰相の言葉に応じて王妃が廊下を歩く。

明るい光で満たされた石づくりの廊下に護衛の兵士と王妃たちの足音が響いた。

「どうなさいましたか？」

足音から感情をくみ取ったように宰相が聞くが王妃は何も答えなかった。

時に肌を触れ合わせることは千の言葉以上に心を伝える。あのキスをした時、自分は愛されていないことが伝わってきた。

……王の愛は今もやはりあの女にあるのだろうか。

第13話　王国暦270年7月1日　二人の兄

「今日は遠駆けに行かないかい、姫様」

リザードマン討伐から二週間ほどしたよく晴れた朝、エドガーがやってきてセシルに言った。

朝からエドガーがセシルを訪ねてくること自体は珍しくはない。

ただ、行かないかい、と言ってはいるものの既にエドガーは準備万端だ。

走るときに邪魔にならない様に袖や裾を絞った、動きやすい遠乗り用の緑の衣装に羽根をあしらったつばの広い帽子。

鍛え上げた体と長身に少しタイトな衣装が似合っている。

後ろにはエドガーの愛馬である黒鹿毛と、セシルのための葦毛の馬が並んで立っていた。

これは有無を言わせず今すぐ行こうという方が正しいだろう。

「さあ早く行こう」

エドガーの言い方もわずかにいつもと雰囲気が違う。

普段はどこかに行くにしても強引な中に悠然としているというか時間におおらかな雰囲気を感じるが、今日は少し焦っているようにセシルには見えた。

そんなちょっとした違いも最近は感じ取れる気がする。

急かされるように着替える。

普段の外出ならスカートでもいいのだけど、遠駆けをするならそういうわけにはいかない。

ラファエラの手を借りて、最近流行ってきた紺のキュロットスカートとロングソックスをはいて、馬に乗る時の短衣に着替える。

その上に日除け用の薄い白いマントを羽織った。

淑女が馬にまたがるのははしたないという風潮は未だに根強い。だから淑女が馬に乗る時は腰掛けるように乗る鞍を使う。

しかし普段戦場に出るセシルはそんな優雅なことをしている余裕はない。

ただ、最近は少し流行も変わっているようで、このような女性用の乗馬服も見るようになった。

それは騎士たちと轡を並べて戦う凛々しいセシルの影響によるものなのであるが、当人は知る由もなかった。

「さあ、行こう」

着替えて外に出ると、急かすようにエドガーが言って、あたりを窺《うかが》うようにして馬にまたがった。セシルもそれに倣う。

普段なら服装について一言何か言ってくれるのだけど今日は何も言ってくれないのも違和感を覚えた。

先導するようにエドガーがまっすぐに東の城門の方に向かって馬を走らせていく。

天気の良さもあって今日は人通りが多い。

「あ、セシル様だよ」

「お姫様だ」

沿道の子供たちが手を振ってくれる。セシルも笑ってそれに応えた。

あの戦いのあとから、少しずつ周りが変わっていくことを感じる。

ガーランドの話では若手の騎士や傭兵の志願者が訪れてきているらしい。

不吉な死姫に率いられた厄介者の集団、掃き溜め扱いされていたことを考えると信じられない状況だ。

しばらく走ると東の城門まではすぐにたどり着いた。

高い城壁にはめ込まれた城門は大きく開かれていて、普段通りに衛兵が警護をして城に入る者、出る者の身分を改めている。

王族であるセシルと、辺境伯の子であるエドガーはすぐに通ることができる。

しかし門の周りは外に出ようとする市民や旅姿の傭兵風の男たち、城に入ってこようとする隊商の馬車でごった返していた。

城から出る側の方も行列ができていてしばらくは待たされそうな雰囲気だ。

エドガーが周りを警戒するように見る。何を急いでいるんだろう。

エドガーがある一方を見て慌てて視線を逸らした。

顔を隠すように帽子をかぶりなおす。

「ああ、エドガルド」

セシルが不思議に思ったその時、一人の男がエドガーに声を掛けてきた。

◆

エドガーの顔に一瞬複雑な表情が浮かんで、少し安堵した顔になった。

白馬にまたがった一人の男がこちらに近づいてくる。

すこしゆったりと作られた軍装のような白い衣装は以前王宮で見た、エドガーの礼装と似ていた。

茶色のつばの広い革の帽子と、同じく茶色のマントには異国風の独特の刺繍が施されている。

その男が深くかぶっていた帽子をとる。

帽子の下からは女性を思わせる白い肌の美男子が現れた。肩くらいで巻くように整えられた金色の髪は品のいい貴族風だ。

彼が一礼する。

「会えてよかったよ。久しぶりだね。元気そうで何よりだ」

「ああ……いつ都に？」

「昨日の夜にね。館をお尋ねしたら姫様と一緒にお出かけになったと聞いて追ってきたんだよ」

その男が穏やかな口調で言って、セシルの方を見た。

「紹介してくれるかな？」

「ああ……兄上。こちらはセシル姫。今俺がお仕えしている。姫様、この人は俺の兄だ」

エドガーが言うとその男がもう一度礼儀正しく深く礼をした。

「馬上にて失礼いたします。姫様。お目にかかることができて光栄です。私はマルセル・フォン・ヴィリエ。アウグスト・オレアス辺境伯の長男、エドガルドの兄にあたります。お見知りおきを」

彼……マルセルが言う。言葉に東部訛りは全くない、典雅ささえ感じさせる発声だ。

典礼官でもここまで美しい言葉遣いはしないだろう。

「失礼、御手をいただけませんでしょうか、姫様」

マルセルが言う。

セシルが手を差し出すとマルセルが流れるような自然さでその手を取って、革の手袋を付けた手の甲に口づけをした。

目上の淑女に対する、かなり古風な儀礼だ。

「光栄です」

マルセルが穏やかにほほ笑む。

彼の話はセシルも聞いたことはある。

アウグスト・オレアス辺境伯の三人の男子はそれぞれ優れた能力を有する有能の士であり、長男は兵站と内政に優れた手腕を発揮する文官であると聞いていた。

柔らかく穏やかな口調の中に知性を感じさせる、そんな雰囲気だ。

そしてもう一つの噂。

アウグスト・オレアス辺境伯の三人の子は全員母親譲りの美丈夫揃いである、と。

噂は間違いではなかった。茶色を基調とした地味な衣装ではあるが、その美しさは隠しようもない。

エドガーとマルセルの二人は周りの注目を集めていて、主に女性がひそひそと何かを語り合っている。

エドガーも美男子であり、確かに二人の顔立ちには共通点がある。

ただ、マルセルの顔立ちはより女性的だ。女官が男装をしていると言われても信じるかもしれない。

知性を感じさせる整った顔立ちは、エドガーの男性的で狼のような強い美しさとはまた違う。

背の高さはエドガーと殆ど同じだが、体つきは細い。

さっき触れた指も鍛えた感じはなかった。

「マルセル様はどうしてこちらに?」

セシルが尋ねる。

アウグスト・オレアス東部辺境領は都からはかなり遠い。確か早馬でも五日ほどはかかるはずだ。

「ご存じかと思いますが、エドガルドは父に武者修行に出るようにと言われておりましてね。エドガルドならばよほどのことがなければ不覚を取ることはないでしょうから心配はしていませんでしたが」

そう言ってマルセルがエドガーの方に視線をやった。

「突然、エドガーから軍装を整えるから金を出してくれという連絡が来ましてね。どうやら仕官を果したようなので少し様子を見に来たのです。幸いにも東部も安定していますし」

静かな口調でマルセルが言う。

そういうことだったのか。あれだけの装備を整えるためにはかなりの資金が必要だったことは想像に難くない。

エドガーがどうなったのか心配するのは肉親や身内なら当然だろう。

「姫様。活躍はお聞きしております。王族でありながら危険な前線にて戦い続けた貴方とその旗下の兵士たちの行いに心から敬意を表します。我が弟が貴方にお仕えできること、兄の私にとっても名誉なことです」

真摯な口調でマルセルが言う。

「エドガルドは聊か粗雑なところもありますが……兄のひいき目もありますが良き男であり武人としては頼れると思っております。我が弟のこと、よろしくお願いします」

完璧な仕草でマルセルが礼をした。

むしろ助けられているのはこちらの方です、と言おうとしたセシルを制するように、マルセルが一礼して帽子をかぶった。

「では。私も務めがありますので、手短で失礼ではありますが、これにてお暇します」

そう言ってマルセルが馬の手綱を引く。

セシルたちの揃いの遠駆けのための衣装を見て、それとなく気を使ってくれたのだろう。

下馬して話し込むこともなく、すっと立ち去るところまでさりげない気配りが利いた振る舞いだ。

「なあ、兄上」

エドガーが立ち去ろうとするマルセルに声を掛けた。

「なんだい？」

「ところで……あいつは？」

「今日も一緒に来ていたんだが館を出てすぐにはぐれてしまった。あいつのことだ、どこにいるのやら分からないな」

マルセルが答えるとエドガーが露骨に嫌そうな顔をした。

こういう表情は彼にしては珍しい。

「来てやがるのか……」

「そういう顔をしてやるな、エドガルド。私にとってはお前もフィリップも良き弟だよ」

「アニキは人が良すぎるんだよ、全く」

エドガーが嫌そうな顔をしたままに言った。

◆

城門で衛兵から通り一遍の誰何を受けて、そのまま外に出た。

街道に沿ってしばらくは馬を走らせる。草原がしばらくして麦畑に変わった。風が心地よく流れている。

春の太陽は適度に暖かく、風を切って走るひんやりした空気を和らげてくれる。

しばらく走ると街道を行き来していた人も減り、二人だけになった。

エドガーが馬の脚を緩めてセシルに並びかける。

「正直言うとさ……アニキには会わせたくなかったんだよ。見れば分かるだろうけど、まあ紳士だしな

「……俺と違って」

朝から何を急いでいるのか分からなかったが、どうやら兄に会いたくなかったらしい。

兄が来ていることは知っていたんだろう。

エドガーは珍しく自信なさげだ。

戦場ではゴブリンやリザードマンの大群を目にしても全く動じないエドガーだが、こんな顔もすることはあるらしい。

しばらく馬を走らせてエドガーが小高い丘に登る道に入った。

なだらかな丘を馬が駆け上る。坂を上りきったところで視界がパノラマのように広がった。

思わずセシルの口からため息が漏れた。

「此処が俺のお気に入りなんだ」

エドガーが言う。

三百六十度全てに広々と緑の草原が広がっていて、草原を突っ切るように伸びた茶色の街道と所々に立つ石づくりの狼煙台や見張り塔が草原に幾何学模様を描いている。

遠くには王都の城壁と尖塔が見えた。

そんなに長く走った感覚はなかったが、それでも結構遠くまで来ていたらしい。

「どうだい？」

ちょっと自慢気にエドガーが言う。

「都の傍にこんなところがあるなんて初めて知ったわ」

鳥の鳴き声と風の音、草の葉擦れ。遠くの方から人の声が聞こえた。旅人の声だろうか。

その声もすぐに消えた。

世界に自分たち以外に誰もいないように感じて僅かに胸が高鳴る。

隣に立っているエドガーの体温を感じる気がした。

「やあやあ、やっぱりここで待っているのが正解だったな」

その時、静寂を破るように声が聞こえた。

◆

二人が声の方を振り向くと一人の男が二人に向かって歩み寄ってくるところだった。

「……なぜここに？」

エドガーが硬い口調でつぶやく。今にも剣を抜きかねない気配だ。

ここはかなり都から離れていて、たどり着くには馬が必須だ。だけど、馬の気配は全くなかった。

誰かがいるなんて思いもしなかった。

「甘いな。この僕が漫然と馬に乗ってきてお前に気取られるような真似をすると思ったかい？　馬は丘の向こうにつないであるよ」

軽い足取りで近づいてきた男が、エドガーの疑問を制するように言う。

セシルにも察しがついた。彼もエドガーの兄だ。

羽織った華やかな赤い外套が丘の緑と空の青に映えていた。長い裾が風にふわりしなびく。正装としてはマルセルのものと似ているが、あちこちにアクセサリーを着けていて腰には細身の長剣を差している。

「お前の性格上、僕と兄上が来れば逃げ出すのは分かっていた。都は広く人も多い。木を隠すには森の中、と言う言葉もある。だが不慣れな街の中には潜むまい」

講談師のような抑揚をつけた口調でその男が続ける。

エドガーは露骨に不機嫌そうな表情を浮かべていた。

「となると、恐らく馬を駆って逃げると見た。で、遠駆けするならここだろうと思ったよ。都の周囲の地形を鑑みればお前の一番好きそうなのは此処だと思ったからね」

してやったり、という感じでその男が言って言葉を切った。

ということは、彼はエドガーの行動を読んでここに待ち伏せをしていたということになる。

都の外と一口に言っても広大だ。此処に来るのを一点で読み切ったとしたら、ただ者ではない。

「しかし、少しは頭を働かせたらどうだ？　僕と兄上が一日で都から帰るわけはないだろう。僕等の滞在中、ずっと逃げ回るつもりだったのかい？」

「うっせぇわ」

その男がからかうように言って、エドガーが嫌そうに言い返す。

男がエドガーを一瞥し、セシルの方を向いて恭しく跪いた。セシルもあわてて馬から飛び降りる。

エドガーの兄となれば辺境伯の子だ。こちらだけ馬上にいるままではいけない。

「申し遅れました、我が国の戦乙女、セシル様。僕はフィリップ・フォン・ヴィリエ。不肖の弟エドガーの兄となります」

そう言ってフィリップが顔を上げる。

顔立ちはどちらかと言えばマルセルに近い、女性を思わせる美男子だ。

後ろで緩く束ねられた長い金色の髪は女性顔負けの美しさ。目元を見る限り化粧もしていそうだ。

黙って立っていれば間違いなく完璧な紳士で通るだろう。

だが、華やかな衣装も相まって、生真面目な雰囲気を纏っていたマルセルとはかなり違う。

完璧な発音はマルセルと同じだが、言い回しも目つきも悪戯っぽい。紳士というより浮名を流す貴族と言う感じだ。

所作も衣装も若い貴族がやるような、正式な衣装や所作を意図的に崩したものに似ている。

このまま都の社交界にデビューさせても通じるだろう。

「しかしなんともお美しい。花のようなその頬、そして太陽を紡いだかのような御髪、凛々しい中にある麗しさ。確かに戦乙女と呼ぶにふさわしい。如何でしょうか、僕もエドガルドとともに貴方の旗下にお加え願えませんか？　僕はこれでも軍の指揮には聊か自信がありまして、きっとお役に立てます」

次兄の噂も聞いたことがあった。

優れた剣士であると同時に、戦術、戦略眼に優れた軍師でもある、と。

エドガーを一躍英雄に押し上げたジェヴァーデンの戦い。

その裏で行われた、キャンビレイの会戦で味方の五倍の敵を地形と戦術を活かして完膚なきまでに打ち破った逸話は聞いたことがある。

大損害を出した敵はしばらく戦力の再編が必要となり、東部は今のところ小康状態となっているはずだ。

「いや、むしろ……実は僕はまだ独り身でして。マルセル兄さんは結婚してますが。今、妻を探しているところなのです。姫。如何でしょう、まだ姫も独り身でしたら、是非私を婿の候補選んではいただけませんか？」

フィリップが礼儀正しくセシルの前に跪いて、手を差し出す。

紳士が淑女に求婚する時の礼節の一つだ。この手を取れば求婚を受け入れたということになる。

差し出された手を見る。あまりに唐突な展開に頭がついていかない。

セシルは思わず助けを求めるようにエドガーの方を見た。

「いい加減にしろ、クソアニキ」

「いやいや、エドガー。僕は姫様に結婚をお申し込みさせていただいているところなんだよ。邪魔するのは野暮というものだ」

エドガーが怒りをはらんだ口調で言うが……フィリップは意に介する様子もなく言い返す。

「お前は姫様にお仕えする単なる騎士だろ？ なら僕が姫様に求婚しても何の支障も無いはずだ。違うかい？」

フィリップがセシルから視線を外さないままで言ってもう一度アピールするように手を差し出した。

「如何でしょうか、姫……」

「おい、やめろ。この人は俺のもんだ……手を出すなら容赦しねぇぞ」

静かな草原にエドガーの声が響いた。

◆

「ほほう」

エドガーの言葉に驚いたというように、フィリップが立ち上がって手を大きく広げる。

この人は俺のものだ……あまりの直接的な表現にセシルの顔が熱くなる。

エドガーも自分が思わず言った意味に気づいたらしい。何ともいえない表情でエドガーがセシルを見て二人の視線が絡み合う。

色々な意味で張り詰めた空気が漂うが、それを意に介さぬようにフィリップが笑った。

「そう、それでいいのさ、エドガー。どうせお前のことだ。姫様にお仕えしますだの、あなたは俺の剣の主だの、持って回ったことばかり言っていたんだろう? 本当はそんなんじゃないだろうにな」

図星を突かれてエドガーが黙り込んで、フィリップが思った通りと言いたげに薄笑いを浮かべた。

「若人よ、つまらぬ足踏みは時間の無駄だよ……人生は短い。愛があるなら語り合うべきだ。きっと愛の言葉が多い方が世界は少し楽しくなる」

フィリップが言う。

さっきの一連のセリフはセシルに言ったというよりエドガーを煽っただけだったらしい。

「しかしだ、弟よ。姫様に最初に贈るものが軍装というのはあまりにも無粋だぞ。淑女に贈るのはドレスや花の方が相応しい。次は気を付けるんだ。必要なら僕が助言するよ」

フィリップが子供を諭すような口調で言う。

「そして、姫様。もしエドガーがあなたのお眼鏡に適《かな》わぬようならぜひ僕を……と言いたいところですが、これ以上やるとエドガーが怖いのでこの辺にしておきますよ」

殺気だった雰囲気を漂わせているエドガーを見ておどけたようにフィリップが言って、また深々と一礼した。

「では姫様。弟を改めて宜しくお願いいたします」

改めて、の部分に妙な強調をして赤い外套を翻したフィリップが丘を降りて行った。

◆

フィリップの姿が見えなくなってたっぷりと時間がたった。ようやく二人が息を吐く。まだどこかに潜んでいるのではないかと思ったが、馬の駆ける足音が離れていく。また静けさが戻ってきた。風の音がさっきより大きく聞こえる。

「ああいう奴なんだよ……マルセル兄はともかくあいつは本当に曲がった性格してやがるし……軍師とかいうのはみんなそんな奴ばかりなのかね」

エドガーが頭を掻きながら言う。

「あいつは会わせたくなかったのが分かるだろ」

「ああ……ええ、そうね」

うわの空でセシルが答える。

確かにフィリップは美男子で立ち居振る舞いも洗練されていた。

それよりさっきのエドガーの言葉が頭の中をぐるぐる回っていてどう答えればいいか分からない。

ここに来た時と今とでは世界が違って感じる。

「あー、こんな形になったのはまあちょっと不本意ではあるんだが」

そう言ってエドガーがセシルを見つめた。

「俺は思ってることを言っただけだぜ、姫様」

エドガーが真剣な口調で言った……また頬が熱くなるのを感じる。

その言葉はセシルにとって今の状況を改善してくれるものではなかった。嬉しいような恥ずかしいような不思議な気持ちで少し息が苦しくなった。

◆

その後もしばらく二人であちこちに馬を走らせた。

色々な言葉を交わしたのだけど、セシルには何を話したかの記憶があまりない。

エドガーに見つめられるたびにさっきの言葉が頭をよぎって顔を直視できなかった。

それでも並んで馬を走らせているだけで気持ちが通じ合っている気がする。

そして、少しエドガーと二人の兄の関係を羨ましく感じた。

小さい頃から兄弟も姉妹もおらず一人ぼっちで、腹違いの妹とは立場も何もかも違っていて、疎まれている。仲良くなるなんてことはできそうにない。

太陽が少し傾き始めた頃に都の城門に帰りついた。

夕方の城門は朝の時ほどの人はおらず、まばらな旅人や行商人たちが衛兵と話している。

普段通りの長閑で平穏な雰囲気だ。

二人がセシルの館に戻ると、門の外でラファエラが二人の帰りを待つように立っていた。

「エドガー様、これを」

ラファエラが一通の封筒を差し出して、エドガーが嫌そうな顔で赤い蝋封を見た。

「お二人がお出かけになってすぐに届けられました」

「フィリップの紋章だ……俺たちが帰ったところで見るように仕組んだんだろうな」

「お二人でお読みになるように、と、エドガルド様に申し伝えよ、とのことでした」

ラファエラが事務的な口調で言う。

手紙の封蝋が捺してある面には"lis ceci, ne sois pas en colère, cher mon frère"と流れるような筆致で書きつけられていた。

「怒らず読め、我が弟よ、か……なんて書いてあるのやら、だ」

出かけてすぐにこの手紙が届けられたということは、ああなることまで含めて計算済みだったということになる。

蝋封を開けて手紙に視線を走らせたエドガーの表情がすぐに真剣なものに変わった。セシルが手紙をのぞき込む。

そこに書かれていた内容はエドガーが表情を変えるのに十分なものだった。

『イシュトヴェインの国内状況を解析するに、本格的な進軍は確実。軍勢は最大三万人規模。猶予は最大で六か月。そうなればヴェルリッドも呼応する可能性が高い。王の不在の影響は大きい。東部は我らが守る。南部の備えを怠るなかれ』

簡易に書きつけられた内容に二人は目を見張った。

イシュトヴェインが最近不穏な動きを見せているのは周知の事実だが、本格的な進軍となれば糧秣の確保や兵の配置等、様々な準備が必要となる。六か月以内に進軍があり得るというのはにわかには信じがたい。

そしてヴェルリッド王国は国境を挟んでいるとはいえ、カトレイユ王妃の生家バスティアン公爵家も含めて国内に親族をもつ家が多く結びつきは強い友好国だ。

いざと言う時はともにイシュトヴェインと戦うと考えるのが普通だ。

それがイシュトヴェインに呼応し我が国を攻撃するなどあり得るのだろうか。

「ムカつく奴だが……読みは信用できる」

エドガーの顔を見る限り、決して話半分に聞ける状況ではないのは分かった。

第14話　王国暦270年9月15日　南部防衛戦

セシルとエドガーがまたがる馬がゆっくりと低い丘を登る。南部独特の湿りけを帯びた風が吹いた。そろそろ日は傾きつつあるがまだ暑さを感じる。

アウグスト・オレアス東部辺境領は北東に位置するからこの暑さは堪えるかと思ってセシルが横に視線をやる。

エドガーは特に変わりなかった。目が合ったエドガーがほほ笑む。

「大丈夫かい、姫様」

「ええ、ありがとう」

都からここまで三日間の行軍で少し疲れもある。

踏みしめられた丘の道を馬が登るにつれて、馬の鳴き声と人の話し声が遠くから聞こえてきていた。

丘を越えると視界が開けた。

「これは……」

「昔を思い出しますな」

草原を埋め尽くすほどの沢山のカラフルな旗と立ち並ぶ天幕は圧巻だ。あちこちを兵士たちが走り回っているのが見える。

思わずセシルの口からため息が漏れた。後ろに控えたガーランドがしみじみと言う。

見慣れている景色なのか、エドガーは平然としていた。

◆

都から四日間南下してきたここラミティエ伯領。

此処はイシュトヴェインとの国境線のすぐ傍だ。

イシュトヴェインの兵団が国境に集結しつつある、という報告を受けて南部に所領を持つラミティエ伯が王に援軍を要請した。

そしてセシルの部隊に白羽の矢が立った。

今回もサン・メアリ伯からの命令という体裁は取っているが、糸を引いているのは王妃であることは明白だ。

イシュトヴェインという国と国との戦いであれば、本来なら王の直属の騎士団が派遣されるべき状況だ。

形式的にはサン・メアリ伯の旗下の一部隊であるセシルの部隊が出る幕ではない。

場違いな者が来たと言う目で見られるかと思ったが。

戦乙女と狼を象った旗をはためかせてセシルたちの部隊が姿を見せると、周囲から大きな歓声が上がった。

「セシル姫様のお着きだ」

「戦乙女、万歳！」

リザードマン討伐の後にも一度、ジャイアントスパイダーの巣の討伐をこなしたが、その時にも一切犠牲を出さない完全な成果だった。

このことはセシルとエドガー、そして彼女の部隊の精強さを国中に知らしめた。

何人かの豪華なマントを纏った騎士たちが駆け寄ってくる。

騎士たちが横一列に並んで、馬上でそれぞれ礼をした。

「私はトゥーレーヌ公です。姫様の武勲は聞き及んでおります。そして王陛下の血を引く姫の着陣、嬉しく思います」

灰色の板金鎧《プレートメイル》に白い外套を羽織ったトゥーレーヌ公が礼儀正しく一礼する。

「そして其方がアウグスト・オレアスの白狼ですね。ともに轡を並べて戦えること、光栄のいたり」

「私にもご挨拶の機会を。セシル様、それにエドガー殿。私はジョシュア。サレイアを治める騎士です」

次々と騎士や貴族たちがセシルたちに近寄ってきて挨拶をしていく。

兵士も騎士も戦場ではジンクスを重んじる。

戦場において生と死をわかつのはほんのわずかな幸運であることを知っているからだ。

戦争は横やりが入らず実力がほぼ反映される槍試合や決闘とは違う。

流れ矢が一人分横にズレるだけで、刺される場所が掌一つ分ズレるだけで、生きるか死ぬかは変わる。

それは結局の所、運の女神に愛されるかどうかで決まるのだ。

幸運に恵まれている指揮官はそれだけで兵士たちの支持を集める。

魔物相手に三回の討伐に挑み犠牲者ゼロという離れ業を成したセシルたちにあやかろうとする者がいることは当然と言えた。

「こんなふうに歓迎されるとは思わなかったわ」

「言ったろ、戦場は正直だってな。勝てば全てが変わる」

セシルの言葉にエドガーが答える。

しかし布陣をして丘の上に登ったところで現実を突きつけられた。

視界の向こうには緑の草原を黄色の塊が埋め尽くしていた。紋章が染められた大きな旗がいくつも翻っている。

彼らの鬨の声と馬の鳴き声が、遠くの潮騒《しおさい》のように聞こえた。

黄色はイシュトヴェインの国旗の色だ。

国王を有力貴族が支えるファンティーヌ王国と異なり、イシュトヴェインは王の権力が強い。兵の装備も統一されている。

モザイクのようなファンティーヌ王国と比べて、黄色で統一された巨大な塊のような軍は威圧感があった。

「なかなかの数ですな」

後ろに控えていたガーランドがつぶやく声が聞こえた。

今回は無秩序な魔物とは違う。イシュトヴェインの正規軍が相手だ。

セシルの胸に不安がよぎった。

◆

翌日、セシルたちはラミティエ伯の天幕に呼ばれた。騎士や領主などによる作戦会議だ。

「遠路はるばるよく来てくれた、諸侯よ。礼を申し上げる。本来なら宴でも催して歓迎をいたしたいところだが、このような状況故にそれができぬこと、許されたい」

今回の防衛の総指揮を任されているラミティエ伯が言う。

王国南部に広大な領地を持ちイシュトヴェインと長く対峙した重鎮だ。

年の頃は60に近い。皺が刻まれた精悍な顔にはいくつもの傷が走っていた。

初老に差し掛かって短く刈り込んだこげ茶の髪と顎を短く覆う鬚には白い物が混ざっているが、まっすぐ立った姿勢もはっきりした口調も年齢を感じさせない。

鍛えあげた長身に重たげな鎖帷子を纏い、腰には長剣を差していた。

「どう思う?」

「まあ、陽動だと思うが……ただ、数が多いんだよな」

セシルが小声で問いかけてエドガーが答える。

フィリップの読みではイシュトヴェインの侵攻は最大で六か月先、ということだった。

当たり前だが大軍を動かすためには十分な準備が必要だ。盤上遊戯のコマの騎士《ナイト》を動かすのとは異なる。

「物見からの報告は?」

「輜重《しちょう》の規模からそこまで継戦能力はないと思われます。あくまで示威行動でしょう」

騎士の一人がきびきびと答える。

やはりそういうことなんだろうか。

「大規模な会戦にはならんだろうが、各員警戒を怠らぬように頼む。万一のことあらば、それが大きな戦につながりかねんのでな。民草のことを考えればそれは許されぬ」

ラミティエ伯が重々しく言って、居並ぶ騎士たちが頷いた。

仮に今回のこれが陽動だとしても、万が一にも戦列が大きく崩れた場合、機に乗じてイシュトヴェインがそのまま大規模侵攻に切り替える可能性はある。

極論するなら糧食などは現地調達……要は略奪でなんとかできてしまうのだから。

「セシル姫、それに白狼殿。貴方の部隊は左翼の中央に布陣していただきたい」

ラミティエ伯がセシルの方を見て言った。

中央は真っ先に攻撃を受ける地点であり、同時に左右の戦列が崩れた場合は援護を担う、責任が重い場所だ。

「困難な場所となるが……頼めるか」

一瞬セシルの胸に王妃の差し金かという気持ちがよぎったが、ラミティエ伯の顔を見て、その気持ちを打ち消した。

長く国境を守ってきた宿老の顔からはそういう策謀は感じられない。

「承りました」

「よろしく頼む。姫の部隊には皆が期待している」

◆

このような会戦となった場合、何も起きないこともある。

自分から攻撃を仕掛けておいてそんなことをする意味があるかとも言えるのだが。

戦争はどう転んでもリスクがある。

兵力で圧倒し戦列を突き崩し、国境を破って攻勢を成功させることもあり得る。

しかし、攻勢が失敗し大損害を受ければ逆襲され国境を逆に突き破られることもあり得るのだ。

大規模な兵力を展開すれば、それだけで相手への威圧になる。

セシルとしてもその展開を期待していた。

今までに海賊や山賊の討伐をしたこともある。

しかし魔法を撃つ相手が魔物であるならともかく、同じ人間であるのは抵抗がある。

それがたとえ敵国の兵士であっても。

だがその期待はあえなく裏切られた。

イシュトヴェインは布陣して翌日に早速大攻勢をかけてきたのだ。

始まってしまった以上、甘いことは言っていられない。

セシルの作り出した火球がイシュトヴェインの黄色の装備で身を固めた兵士たちの上に降り注ぐ。

赤い炎が噴きあがって悲鳴が上がった。

炎を恐れるのは生物の習性だ。これは人間でも魔物でも変わらない。

そして魔物なら戦列が崩れる所だが……イシュトヴェインの兵士たちは魔法を受けても崩れる様子を見せない。

士気と練度の高さが窺えた。

「あそこだ！　あの旗を狙え！　あの魔女を殺せ！」

「弓兵！　射掛けろ」

矢弦の鳴る音がして鳥の群れのような黒い塊が空中に跳ね上がった。

放物線を描いた矢の塊がまっすぐにセシルに向かって降り注いでくる。

「お守りせよ！」

ガーランドの号令が響いて盾を持った兵士たちがセシルの周りを壁のように取り囲む。

降り注いできた矢の何本かが盾を貫いて兵士たちの悲鳴が上がった。

血が飛び散る。

イシュトヴェインの正規軍が使う弓矢はゴブリンが使うような粗末な作りの矢とは違う。

金属の盾であっても完全には止めきれない。

「大丈夫？」

「浅手です！　それより姫様は？」

「ありがとう。私は大丈夫」

傷を押さえながらも自分を案じてくれる兵士たちに応える。

矢への恐怖と自分を守ってくれる兵士たちを心配する気持ち、敵陣に斬り込んだエドガーの無事を祈る気持ち。

「エドガー殿、お戻りです！」

誰かの声が聞こえて歓声が上がった。

見ると、エドガーが青い軍装を血で真っ赤に染めながら戻ってきた。

「大丈夫？」

「問題ない」

どこか傷を負ったのではないかと背筋が寒くなったが、全て敵の血らしい。

「俺の斬り込みと姫様の魔法に恐れをなすかと思ったんだが……意外に手ごわい」

兵士の一人が差し出した水を飲み干してエドガーが言う。

「俺は大丈夫だ、姫様。傍にいられなくて悪いが」

「伝令です！」

その時、何本もの矢を受けた兵士が乗った馬がセシルの本陣に駆け込んできた。

「何事だ？」

「左辺が苦戦しています。騎士ジョシュア様の部隊です……援護を！」

切羽詰まった声で伝令が言う。

此処に着陣した時に会った若い騎士の顔が思い出された。

「行こう、姫様」

「ええ」

エドガーが言う。

「俺が押し返す。相手が崩れたところで魔法を撃ち込んでくれ」

「でも……それは」

セシルの魔法はかなり広い範囲に効果が及ぶ。

十分な時間をかければ射出精度を上げることはできるが、それでも乱戦の中でエドガーを完全に避けることができるとは思えない。

「ある程度押し返したら俺は下がって合図する。信じてるぜ、姫様」

セシルの懸念を察したかのようにエドガーが言って、返事を聞く前に身をひるがえした。

獣憑きの光を纏ったエドガーの姿が瞬く間に遠ざかって敵陣に突っ込んでいく。

信じてるとエドガーは言った。ならばそれに応えなくては。

目を閉じて意識を集中する。詠唱とともに魔力が集まってくるのが分かった。

矢が飛び交い鉄と鉄がぶつかり合う音が聞こえる。双方の兵士たちの指示をする声と悲鳴、罵るような声が木霊のように響いた。

エドガーが斬り込んだ敵の部隊が徐々に後退し始める。

だが「合図」はない。

「……tempête de rouge et de sang」

詠唱は終わった。最後のワンフレーズを唱えればいつでも魔法は発動できる。

息を詰めて様子を見守るなか、敵の黄色い旗が高く投げ上げられた。

エドガーの声が聞こえたように感じる。あれが「合図」だ。

「brûler!!」

その一言が発せられると同時に、焔《ほのお》の矢が敵陣に降り注いだ。

次々と火柱が立つ。

炎に巻かれた兵士たちの悲鳴があがって、騎兵の馬が炎を恐れたようにバラバラに走り回る。

逃げるように走る馬が契機になった。槍を構えた兵士たちの動きが止まる。

「逃げるな！　踏みとどまれ！」

「今だ！　追撃せよ」

「矢を放て！」

イシュトヴェインの騎士たちが叫ぶが、そこに矢が雨のように降り注いだ。

次々と兵士たちが逃げ始める。大軍がこうなってはいかなる名騎士であろうとも統制することはできない。

一つの部隊が崩れるとそのまま恐怖が伝染するように、敵の左翼が総崩れになったこれで大勢は決した。

一度完全に崩壊した戦列を押し止めることはできない。

とはいえ、歩兵が崩れた状態でもイシュトヴェインの騎士たちはうろたえることはなく撤退戦に移行し、抜かりなく損害を最小限に留める用兵を見せた。

血気にはやって追撃をしようとする一部の兵をラミティエ伯が止めた。こちらの被害も決して軽いものではない。

それに勝ちの勢いに乗って追撃し伏兵に手ひどい被害を受けることは珍しくはない。

あの撤退時に見せた殿の配置などの巧みさを見れば、勢い任せに追撃するのは危険であった。

◆

戦いは終わった。

最初の会議に出た騎士や貴族の何人かは傷を負って包帯を巻いたり杖をついたりしている。

磨き抜かれた鎧と染み一つなかった外套も泥と血で汚れていた。

イシュトヴェインの軍は大きく後退し、もう姿は見えない。

斥候の報告でも撤退準備をしているようであった。

無数の遺体が野を埋めていて、血が緑の草原を汚していた。

折れた旗や槍がそこかしこに転がっている。兵士たちが遺品や使える装備などを回収していく。

戦争が終わったあとのよくある光景だ。

そしてセシルの部隊の天幕にも十体の遺体が並べられていた。セシルの部隊の揃いの青の軍装を着た兵士たち。

顔の汚れは拭き取られていて体には傷を隠すように布がかけられている。

横たえられた兵士たちの顔を見た。

……十人ともその顔を思い出せる。

ここ三回の戦いでは一人の犠牲も出なかった。

以前は兵士たちに犠牲が出ることは当たり前だった。

その時に何も感じなかったわけではない。ただあまりにも多すぎる死に心がマヒしていた。

……今はあの時よりも辛い。

一人一人の命が重く感じる。その内の一人は今朝話したばかりだ。

「……辛いわ」

「そう言ってもらえて彼らも幸せでしょう。想ってくれる人、悲しんでくれる人が居れば犬死にではない」

セシルの後ろに控えていたガーランドが淡々と言う。

長く戦場に居た彼なりの割り切りなのかもしれない。しかし倒れた彼らにも家族が居るはずだ。

犬死にではないとしても、それが慰めになるのだろうか。

◆

天幕を出るとエドガーが立っていた。

ガーランドが一礼して兵士たちの方に歩き去っていく。

「大丈夫かい……ってそんなわけないよな」

「怖いの」

戦い続ければ自分のために誰かが死ぬ。

エドガーが現れるまではそんな気持ちも何もかも考える余裕はなかった。

というよりそういう気持ちを考えないようにしてきた。

そうでないと心がもたなかった。死姫として振舞うしかなかった。

……こんな風に思う自分は弱くなってしまったんだろうか。

「その感覚は正常だよ、姫様。俺だって平気なわけじゃない」

エドガーが普段とは違う、静かな口調で言う。

「気休めかもしれないが……俺たちにできるのは最善を尽くすこと、そして俺たちのために斃れた命に対して恥じない者であるようにするだけだ」

エドガーが言う。

歳は若いがすでに数知れない戦場をくぐりぬけて英雄と呼ばれた彼は、セシルが見た以上の死を見て、葛藤を乗り越えてきたのだろう。

「そして、姫様。貴方は必ず俺が守る。流石に矢までは止められないが、兵士は一人たりとも通しはしないよ」

確かに自分のすぐそばに矢が降り注ぐのは恐ろしい。だけどそんなことより遥かに恐ろしいことがある。

エドガーは今回も果敢に敵陣に斬り込んで戦線を支えてくれた。

英雄的な働きとしてラミティエ伯からの賛辞の言葉も受けた。

だが彼が帰ってくるまで恐ろしくて仕方なかった。

矢を受けて、槍に貫かれて戦場に転がる躯のように彼が斃れはしないか。

自分の魔法が彼に当たったりはしなかったか。

「本当はさ……姫様には戦場に出てほしくないんだよな。戦場なんて残酷でろくなもんじゃないし、人は簡単に死ぬ」

セシルの気持ちを知ってか知らずかエドガーが言う。

「大事な人にそんな場所にはいてほしくない」

それはセシルだって同じように言いたいことだ。

後ろで兵士たちに守られている自分より最前線で敵と相対する遥かに危険な場所にいる。

「俺が姫様の一番近くにいられるのは戦場であるんだよな。戦士として姫様をお守りできるのは俺にとって名誉なことなんだが……戦場なんてろくなもんじゃない。人の命が矢の一本より安いからな。家で待っていてほしいと思う時はあるよ」

「それは……私も同じよ。エドガー」

戦場は恐ろしい。だけど、ここが一番エドガーの傍に居られる場所だそして彼に守られているように、自分だって彼を守ることはできる。

「貴方を一人でそのろくでもない戦場に出して……貴方の帰りを都で一人で待つ気はないわ」

もし自分が一人で都にいたらどう思うだろうか。

きっとわずかな物音が気になり、エドガーが帰ってこないかもしれないことに怯えてしまうだろう。

耐えられる気がしない
ここにいれば、ただ守ってもらうだけではなく。自分の力でエドガーを守ることもできる。

エドガーが嬉しそうな困ったような笑みを浮かべた。

「そう言ってもらえるのは嬉しいような……何とも言えない感じだな」

肩を抱き寄せられる。

汗と土埃、僅かな血の臭いと革鎧につけた香の臭いが間近に香る。硬い木のような体が触れて体温が布越しに伝わってきた。

思わず体が強張る。

「都じゃ誰かの目があってこんなことはできないからな……ここでならいいだろ」

第15話　王国暦270年9月30日　戦勝の舞踏会

「エドガルド様、セシル姫様のお着きです」

複雑な彫刻の施された木の扉を開けてくれた侍従が言う。

同時に夜と思えないほどのまばゆい光が目に飛び込んできた。

広いホールは美しく飾り付けがされていて、赤い絨毯が敷き詰められている。

天井からは豪華なシャンデリアがいくつも吊り下《さ》がっていて、何百もの明かりが広いホールを照らしていた。

着飾った貴族の男女の華やかな正装とドレスがまるで色とりどりの花のようだった。何人かの顔のは見覚えがある。ラミティエ伯の姿も見えた。

ざわめきの間を縫うように弦楽器の優雅な音が流れてきた。

「流石に王様の夜会は桁が違うな」

普段は動じないエドガーがちょっと驚いたように言う。

今日はイシュトヴェインとの戦いの祝勝の宴だ。

ただ。

「あれを勝ちと言っていいの？」

「いいだろ。イシュトヴェインの侵略を撥ねのけたんだから」

セシルの疑問にエドガーが応じる。

しかし、一方的に攻め込まれ多数の死者を出しているのだ。しかも戦果を得られたわけでもない。

あの戦場の寒々しさと残酷さと、目の前の豪華な宴の落差に胸が痛む。

「いいんだよ。俺たちは勝った。国境を破らせなかったし民の被害もなかった」

エドガーが念を押すように言う。

「戦いが終わって、その結果に価値がある。そうでないと死んだ奴が報われないだろ」

エドガーが言う。

「あいつらのおかげで俺たちは勝てた。そう思うのは俺たち生き残った側のやるべきことだ」

自分に言い聞かせるような口調でエドガーが言う。

セシルにはそこまで割り切ることはできなかった。

でも、エドガーは恐らく同じような思いを数知れずしてきたのだろうということは分かる。

だから何かを言うことができなかった。

「そして改めて。俺の贈り物を着てくれて嬉しいよ」

沈んだ空気を払うようにエドガーが言う。

エドガーは今日も以前に王に拝謁した時のようなアウグスト・オレアス東部辺境領の衣装を着ている。

王都の男性の正装に似ているが、よりすっきりとしたシルエットで鍛えた彼にはこちらの方が似合っている。

茶色を基調としており、複数の布を切り返すように合わせていて華やかではないが、都にはない独特の意匠が目を引く。

胸には大きな狼の文様が刺繍されていた。

セシルの今日のドレスはエドガーがこの夜会に合わせて準備したものだ。

緑を基調としたドレスだが、都で流行っているものとは違って袖がふんわりと広かっているデザインだ。

左右にガウンのような白いパーツが切り返しで取り付けられている。飾り紐を組み紐のように交差させてそれを前で止めていた。

レースを多用してフリルをたっぷりとあしらった華やかでカラフルなドレスとは違うが、シンプルな色遣いとラインが凛とした雰囲気を感じさせる。

エドガーのものと似た系統の作り。

これがアウグスト・オレアスの女性の衣装なんだろう。

都風のドレスの中では浮いているが気恥ずかしさは感じなかった。

「王妃様のおなりです」

侍従の声がホールに響いて大きいドアが開いた。楽団がそれを迎えるように威勢のいい音を奏でる。

銀色の冠をつけ、赤いドレスを纏ったカトレイユ王妃が堂々とした足取りでホールに入ってきた。

居並ぶ騎士や貴族たちから拍手が上がった。

カトレイユ王妃が拍手に応えるように軽く手を上げる。

王妃の後ろにはロンフェン宰相とエリーザベトが従っていた。

ロンフェン宰相は臙脂《えんじ》色のローブ姿でいつも通り感情を感じさせない表情だ。

エリーザベトは緑色のドレスを着て、美しい金色の髪に宝石をあしらった白い髪飾りを付けている。

あらためて明るい所で見るとその美しさは際立っていた。ファンティーヌ王国一と呼ばれるのは決してお世辞ではない。

母譲りの涼やかな美貌と美しい髪、父であるヴォルド三世を思わせるすらりとした長身は凛々しさと女らしい柔らかさを同時に感じさせる。

そしてその身を飾るドレスは精緻なレースが飾られた都の最新のデザインのものだ。

アクセサリーもそれぞれ職人が技巧を尽くしたもので、華美になりすぎない気品を漂わせていた。

エリーザベト本人の美しさも相まって、歌劇の姫を思わせる絶世の美女の姿だ。

誰かのため息が聞こえてエリーザベトが誇らしげに胸を反らした。

王妃がもう一度手を軽く上げると、拍手と音楽が鳴りやんだ。

広いホールに凛とした静けさが降りる。

「諸侯、この度の不遜なるイシュトヴェインの侵略を退けたこと、見事でした」

カトレイユ王妃が静かだがはっきりした声で言う。

「今日、此処におられぬ王陛下に代わり皆の功績を称えます。王陛下もお喜びです」

カトレイユ王妃が言う。

王陛下は今日も列席されないのか。わずかな動揺のような気配が走って皆が顔を見合わせる。

王の体調の不良が続き療養に努めていることは周知の事実だ。

しばらくは表に姿を現してはいない。

しかし、イシュトヴェインの侵略を退けたこの戦勝の宴では久しぶりに姿を見せてくれるのではないか。

そういう噂もあったが、やはり王陛下は列席されないという。

余程体調が良くないのか、不安げな空気が漂うが。

「功績があった諸侯の名を今から呼びます」

少し沈んだ空気を払うように、カトレイユ王妃が言った。

「まずはラミティエ伯」

「はい、王妃様」

ラミティエ伯がよく通る声で応じて、王妃の前で跪いた。

戦場では武骨な鎧に身を包んでいたラミティエ伯だが、今日はベージュの貴族の男の正装だ。

戦場での威風堂々とした偉丈夫ぶりは鎧から正装に着替えても変わることはない。

「見事な指揮であったと聞いています。その忠誠に感謝します」

「光栄の至りです」

その言葉に合わせてファンファーレのように楽団が音を鳴らす。

「では次にベルナール公」

「はい、王妃様」

次に呼ばれたのは、これまた南部の有力貴族のベルナール公だ。

その後も次々と名が呼ばれ、王妃からねぎらいの言葉がかけられ、そのたびに拍手が上がった。

これは伝統的なファンティーヌ王国の戦勝祝いの宴でのやりとりだ。

王が功績のあった者の名を呼び、その功績を称える。今日の違いは王妃が王の代わりをしていることだけだ。

何十人もの名が呼ばれて、その中にはエドガーの名もあった。

「以上です。改めて皆の功績を称えます」

そして最後までセシルの名は呼ばれなかった。

居並ぶ騎士たちが顔を見合わせて小さく囁き合う。

これだけ功績を立ててもカトレイユ王妃はセシル姫様のことを認めようとしないのか。

しかしここまであからさまなのもどうか。

誰かの喧嘩《けんか》の場に出くわしてしまったような居心地の悪さを感じるような空気が漂う。

「……では、あとは皆、宴を……」

「失礼ながら王妃様」

カトレイユ王妃の言葉を遮るようにラミティエ伯が声を発した。

◆

王妃の言葉を遮るのは明らかに不敬だ。空気が変わって、会場がざわつく。

「一つ呼んでおられない名前があるかと存じます」

ラミティエ伯がざわめきを抑え込むような強い口調で言葉をつづけた。

「セシル姫をお忘れか。彼《か》の戦にて我が左翼を守りきり勝利に貢献してくださった。あの方の魔法に救われたものは数知れぬ」

ラミティエ伯がはっきりとした口調でカトレイユ王妃に向かって言う。

カトレイユ王妃は表情を変えず、エリーザベトは美しい顔に不愉快そうな表情を浮かべてラミティエ伯を睨んだ。

誰もが息をひそめた。王妃はどうするのか……緊張感を含んだ沈黙が降りて皆の目がカトレイユ王妃に集中した。

「目録に名はあるのですが、読み飛ばしてしまったようです。迂闊でしたね。許しなさい」

何事もなかったかのようにカトレイユ王妃が言う。

「ではセシル」

「はい」

名を呼ばれたセシルがカトレイユ王妃の前に進み出る。視線が絡み合った。

単なる嫌悪ではなく、単に疎んじているというだけでもない、複雑な感情が混ざった視線がセシルに向いている。

「王族として……良い働きでした。誉めて遣わします」

「ありがとうございます、王妃様」

そっけなくカトレイユ王妃が言う。

最初は遠慮がちに起こった拍手が大きく広がってホールに響いた。

継母《ままはは》は……王妃は自分をどう思っているんだろう。跪いて赤い絨毯を見つめたままセシルは思った。

◆

王妃の演説が終わると、音楽が流れ始めた。弦楽器が明るく少しテンポの速い曲を奏でて、賑やかな笛の音がそれに続く。

思い思いに男女が中央のスペースで踊り始めた。

侍従たちがワインを注いだグラスを載せたトレイをもって行きかう。

エドガーがグラスを取ってセシルに手渡す。

どちらからともなくグラスを触れ合わせる。澄んだガラスの音が小さく響いた。

グラスに口を付けると、わずかな苦みのあるワインの味が口に広がる。

「姫様、それにエドガー殿。お邪魔してよろしいかな？」

声を掛けてきたのはラミティエ伯だった。

手にはエドガーたちが持っているものより二回りほど大きいゴブレットを持っている。

「余計なことと思いましたが、無礼をさせていただきました」

先刻のことの礼を言うより早くラミティエ伯が口を開いた。

ただ、あんなことを言えばラミティエ伯の立場が悪くなりかねないのだが。

「あの場では私しか言えませんでしたからな。エドガー殿が言っても角が立ちました。私はこの戦勝の一番手柄です。多少の無礼は許されるでしょう」

気にするな、と言わんばかりにラミティエ伯が武骨な顔に笑みを浮かべる。

服は違うが、こうやって話すとあの戦いの時の天幕で見た姿と同じだ。

「功あるものは称えられなくてはなりませぬ。私情で左右されては世が乱れます……しかし、王妃様ともあろうものがその程度お判りにならぬはずはないのですがな」

困惑したようにラミティエ伯が言う。

もしかしたら彼は自分とカトレイユ王妃のことを知らないのかもしれない、とセシルは思った。

南部に領土を持つラミティエ伯は都の事情には疎いのかもしれない。

「姫様。それにエドガー殿。先日の働き、南部を守るものとして深く御礼を申し上げる。姫様のご出馬をいただき兵の士気も大いに上がり申した。それに素晴らしき魔法。実物を目にするのは私も稀でありますが、あれほどとは思いませんでしたな。戦乙女と言われるのも分かり申す。エドガー殿の武技も見事でした。アウグスト・オレアスの白狼の名は伊達ではありませんな」

「こちらこそ、共に戦えて光栄でした。見事な指揮でした、ラミティエ伯」

エドガーが応じる。

年齢も育った場所も何もかも違う二人だが、同じ武人同士、相通じるものがあるのかもしれない。

「王家の者としての重責を果たされる姫様に深く敬意を払います。ではまた、エドガー殿、セシル姫様。これ以上はお邪魔でしょうな、失礼いたします」

からかうように言って、ラミティエ伯がもう一度礼儀正しく礼をする。

ゴブレットのワインを一気に飲み干してにやりと笑うと立ち去って行った。

お邪魔、といわれると何となく隣に立っているエドガーを意識してしまう。

目をやると、エドガーがにっこり笑った。

「さて、じゃあ姫様。良かったら俺たちも……」

ラミティエ伯の背中を見送ってエドガーがセシルの方に手を伸ばした時。

「お姉さま。エドガー様は私に譲ってもらうわ」

言葉を遮って不意に声が掛かった。

◆

立っていたのはエリーザベトだった。

改めて間近で見ると目もくらむばかりの美しさだ。その後ろには何人かの貴族と侍女が付き従っていた。

「私と踊りなさい。エドガルド。貴方の功績は素晴らしかったと聞くわ。私の相手を務める名誉を与えます」

エリーザベトがセシルを威圧するように睨んで、エドガーに緑のレースで作られた手袋に包まれた手を差し出した。

エドガーがその手を見る。その目には僅かな哀れみのようなものが見えた。

「エリーザベト様。貴方は私と踊りたいのですか？」

静かな口調でエドガーが言った。

困惑したようにエリーザベトが口を閉ざす。

「違うでしょう……貴方はセシル様の、姉君のものを欲しがっているだけだ」

エドガーが言うとエリーザベトの白い顔がさっと紅潮した。

図星を指された恥ずかしさか、口答えに対する怒りなのかは分からなかったが。

「なにを言うの……私を誰だと……」

「忠誠を捧げる旗は一つであるべきだ、と私は教わりました」

エリーザベトの言葉を遮るようにエドガーが続けた。

「私や我が父、我が兄が忠誠を捧げるのは我が国の旗のみです。忠誠を捧げる先は一つしかないから尊く、誰が見ても信が置ける。二つも三つも忠誠を捧げる先があったらその忠義に信を置くことはできないでしょう」

「だからなんなのですか」

エリーザベトが苛立たし気に言う
「愛情も同じです。我が愛は一人にのみ捧げた。そしてそのたった一人から愛されるからこそその愛は何物にも代えがたい。そうではありませんか?」

「ならばその唯一の愛を私に捧げなさい」

エリーザベトが高圧的な口調で言うが、エドガーが静かに首を振った。

「愛は命令により与えるものではなく、与えられるものでもありません」

「私のいうことが聞けないの？　私と踊りなさい。命令よ」

「貴方は私を愛しているわけでもない。私と踊りたいわけでもない」

エドガーがもう一度、最初と同じ言葉を繰り返した。

静かだが強い拒絶にエリーザベトが唇を噛んで俯く。

「なによ……そんなにいいの？　なんなのよ。なんでお姉さまのようなものが良いの？　みすぼらしくて血まみれで下賤な出なのに……魔法使いだからなの?」

エリーザベトが小さくつぶやいてくるりと身をひるがえした。

硬い靴音を立ててホールを出ていく。

「姫様」

「エリーザベト様」

何人かの貴族と侍女がその後を追うようにホールを出て行った。

国一番の誰もがうらやむ美貌、王家の高貴な血筋。そして富。

何もかも持っている彼女だが……本当の意味で愛してくれる人はいないのかもしれない。

賞賛の美辞麗句も愛の言葉もあふれるほどささやかれたはずだ。不自由はしないだろう。

だけど本当の意味でたった一つの言葉を受けてはいないのかもしれない。

◆

「ご挨拶をさせていただいてよいでしょうか、セシル姫様」

思いを巡らせていたセシルに声がかかった。

そこに立っていたのは貴族の男たちだ。それぞれが身分を誇示するかのような豪華な衣装を身に纏っている。

「この度の武勲、お喜び申し上げます。戦乙女様」

「素晴らしいお働きとお聞きしました」

「是非私と踊っていただけませんか？」

彼らが口々に賛美を並べる。

つい数か月前までは魔女や死姫と呼ばれ、宮廷でこのように言われることなどなかった。

きっと彼らに悪気はない。彼らに何かされたわけでもない。

でも少し複雑な気持ちになる。

「麗しき御召し物ですね。都のものとは異なるようですが、姫がお考えになられたのですか？」

一人がセシルのドレスを見て言う。

「これは、エドガー……アウグスト・オレアスの白狼殿が手配してくれたのです」

そう言うと貴族たちが顔を見合わせた。

淑女の衣装を手配するというのは、特別な関係であると言っているようなものだ。

しかも相手はアウグスト・オレアスの白狼。

この状態でセシルの踊りの相手を務めるのはかなりの勇気を要する。

「すまない、皆。少し道を開けてくれるか」

皆が躊躇する中で、人垣の後ろから声が掛かった。人垣が割れる
黒の地に白い文様を刺繍した衣装に身を包んだ、背の高い男が進み出てくる。

男が長い髪を後ろに払って礼儀正しくセシルの前に跪いた。

「姫様。貴方のお相手を務める名誉は是非この私にいただきたい」

声を掛けていいのか、と言う空気を介さないかのように彼がそう言う。

そして周囲も彼ならば仕方ない、と言わんばかりのものになった。

「貴方は？」

「お初に御目にかかります、セシル姫。私はジュスラン・ローヴァ・アヴィレオン。アヴィレオン伯家の嫡男です」

男が静かだが心地よく通る声で言う。

彼の名はセシルも知っていた。国内屈指の有力貴族であるアヴィレオン家の嫡男。

緩く波打つ美しい黒髪と漆黒の目に合わせたような黒の衣装に女性のような白い肌。

その美貌もさることながら彼はその楽才で知られている。

天与とも呼ばれる歌声と作曲の才能で、わずか12歳の時にヴォルド三世に誕生日の賛歌を献上したのは有名だ。

その曲は今も毎年王の誕生日には謳われており、短く変調《アレンジ》した曲が市民の誕生日の定番の歌となっている。

「是非姫様と踊る栄誉を与えていただきたい。本日、この宴のため、貴方のために曲を作りました。それに合わせて是非」

礼儀正しさの中に自信を感じる口調で言ってジュスランが手を差し出す。淑女に踊りの相手を願い出る時の礼儀だ。

数々の楽器を奏でる細い指が美しい。傷だらけで硬い武人のエドガーとは違う指だ。

断るには心苦しいが、それでもこの手を取るのはエドガーに申し訳ないと感じる。

どうすべきか考えたところで。

「すまないが、姫様の相手は俺と決まっているんでね」

声と共にエドガーが二人の間に割って入った。

◆

ジュスランが立ち上がってエドガーを一瞥する。

整った顔に少し不快そうな表情を浮かべた。

「白狼殿とはいえ無礼であろう。姫のお相手を務めさせていただく資格は私にもあるはずだ」

体格は鍛えあげたエドガーに及ばないものの、身長ではジュスランとエドガーは殆ど同じだ。

ジュスランの鋭い視線が射貫《いぬ》くようにエドガーに向く。

「ヴィリエ辺境伯は確かに気高き家。しかし我が家はアヴィレオン伯家。家格的にも私は君に劣らぬぞ」

ジュスランが朗々とした声で言い返す。

「いや、そういうわけにはいかないな」

普段にもまして強引な口調でエドガーが言い返した。

ジュスランが気圧《けお》されたように下がるが、そこで踏みとどまる。

美しい顔のまま唇を引き締めてエドガーを睨んだ。

彼にも貴族の誇りと家の名誉、そして男としての意地がある。気圧されてただ黙って譲ることはできようはずもない。

誰かが息を飲む。張り詰めた緊張感が漂った。

「今宵は戦勝の宴。そして私は功がありました」

エドガーが大柄な体を曲げて一礼した。

「我が武功を以《もっ》て、今日は寛大にお譲りいただきたい、アヴィレオン伯ジュスラン様」

エドガーが丁寧に言う。

これ以上意地を張り合えば、祝勝の宴の雰囲気を壊してしまう上に、家同士の確執に発展しかねない。

彼の言葉はジュスランの面子を立てたものだ。

ジュスランが彼の意図を察して頷いた。

「……うむ、そういうことなら致し方ない。今日は功ある君が姫と踊る名誉に浴するのが筋というものだな。姫様、是非次は私のお相手もお願いいたします」

アヴィレオン伯が鷹揚に言う。空気が和らいで誰かがため息をついた。

戦勝の宴で有力貴族が諍いを起こすなどあってはならないことだ。

「では姫様」

エドガーがセシルの手を取った。

まるで示し合わせたかのように、楽団が次の曲を弾き始めて、ホールにいた男女が踊り始めた。

エドガーがリードするようにして二人がその中に交ざる。

少し踊るくらいは構わないとは思う。

アヴィレオン家は北部に広大な領地を持つ名門貴族だ……無用の軋轢を招く意味はないと思う。

「狼は自分の獲物に執着するものなのさ。誰にも渡すつもりはない」

セシルの心中を見透かしたようにエドガーが言った。

「姫様が皆に評価されるのは嬉しいが……俺以外のやつに振り向かれるのはごめんだぜ」

真摯な目でエドガーがセシルを見た。

思わず目を逸らしそうになるが、それが失礼なことくらいは分かる。見つめ返すとエドガーが小さくほほ笑んだ。

哀愁を感じさせる弦楽器と少し甲高い管楽器が優雅な音を奏でる。

エドガーのステップは堂に入ったものだった。

むしろ宮廷でのダンスなんてものに縁がなかったセシルの方が足取りがおぼつかない。

エドガーが少し歩を緩めた
「こういう舞踏会は慣れているの？」

ヴィリエ辺境伯の三男だから慣れていても不思議ではない。

でも少しだけ非難がましい口調になってしまう。

もしかして自分と同じように彼と踊った女性《ひと》がいたのかもしれないと思うと少し胸が痛む。

「そんなわけないだろ。俺は剣士だぜ」

「でも……」

セシルが問いかけるとエドガーが視線を逸らした。

「実はここ数日猛特訓した。姫のお相手に相応しいくらいにはなっておきたくてね」

ちょっと気まずそうにエドガーが答えた。

「礼儀作法は難しいが、体を動かすことなら何とかなるもんだ」

「そうなの……」

宮廷での舞踊は貴族のたしなみだ。

だから勿論貴族の家に踊りを指南する役の者がいるのは珍しくない。

しかし、戦勝の宴がきまってから数日、姿を見ないと思ったらそんなことをしていたのか。

ヴィリエ辺境伯の館で練習する姿を思い浮かべるとちょっと笑ってしまう。

でも自分のためにそこまでしてくれたのは嬉しい。

「すまないな、姫様」

「大丈夫よ、私もうまくないから」

二人のダンスの足取りは決して優雅なものではなかったが……それでも息の合うステップを刻んでいた。

幕間　絡み合う思惑

「そうか、王陛下は今回の夜会にも参加はされなかったか」

物憂げな口調で言って男が報告書を長机の上に置いた。

ここはバスティアン公爵家の館だ。この家は王都にほど近い西部に広大な領地を抱えており、王家とのつながりも深い。現在の王妃もこの家から王に嫁いだ。

ファンティーヌ王国はバスティアン家と王家がともに力を合わせて盛り立ててきた。

王都に近い場所に広大な領地と強力な騎士団を持つことを認められていることそのものが、王家からの信頼のあかしだ。

「どう思う？」

執務室を思わせる広い部屋には長い机が置かれていて、壁には何枚もの絵が飾ってある。歴代のこの家の当主の肖像画だ。

白いレースのカーテン越しに差し込む太陽の光が部屋を明るく照らしていた。

「意見を述べよ」

問いかけたのは、バスティアン公爵だ。

肖像画に描かれた顔と似ている。歳は50歳過ぎで今の王であるヴォルド三世よりは少し上になる。

ヴォルド三世の良き相談役として共にこの国を支えてきた。

少し髪が薄くなり、濃い栗色の髪には白いものが混ざっているが、知性を感じさせる眼の鋭さは健在だ。

声にも力強さと威厳がある。

「この度のイシュトヴェインの侵攻は間違いなく王不在を侮ってのもの。南部のラミティエ伯の健闘によりどうにか対処できましたが、本格的な侵攻もあり得ると考えます」

感情のこもらない口調で答えたのは、バスティアン公爵の参謀であるマチアスだ。

太めの体に赤い頬と寝ぐせの付いたような癖のある金色の髪。

神童と呼ばれ身分や年齢を飛び越えてバスティアン公爵に抜擢された。

まだ20歳だが伯爵の信頼も厚い。

「王陛下不在で一致団結して事に当たれると思うか?」

「難しいでしょう」

バスティアン公爵の問いに短く応じたのは騎士の衣装に身を固めた男だ。伯爵の旗下の騎士団長を務めるグウェナエル。

短く切られた黒髪と細面。整えた口ひげで見た目には優雅さを感じさせる。

公爵と同じくらいの歳ではすでに老境にさしかかりつつあるが、鍛えあげられた体躯の強さは隠しきれなかった。

戦場では自ら前線に立ち身の丈ほどもある大剣を振り回す武人だ。

ファンティーヌ王国は王をいただいてはいるものの、貴族の集合体により構成された国家だ。

ヴィリエ辺境伯のような、忠誠を認められ王家から任じられた貴族もいるが、殆どはそれぞれに家祖伝来の領地を持ち、王家に忠誠を誓いつつそこを治めている。

イシュトヴェインのような王を中心として強固に統一された国とは異なる。

いざ戦争になった時、戦列を離れてイシュトヴェインに寝返るものが出ないとも限らない。

「猶予はあると思うか？」

「僕の見立てでは長くても一年です。先の侵攻の規模を見ればもっと早いかも」

マチアスが言いにくそうに答える。

「いざ侵攻となったら、ヴェルリッド王国の支援を仰げませんか」

マチアスの問いかけに、バスティアン公爵が首を振った
「確かに関係は深いが……期待すべきではない。お前ほどの者なら分からぬことはあるまい」

ファンティーヌ王国とヴェルリッド王国はここ百年近く、同盟を結び良好な関係を形成している。

そしてバスティアン公爵家にとっても親戚筋だ。

しかし違う王をいただく違う国であることに変わりはない。

同盟や盟約がいかに脆《もろ》いか。それは大陸で数知れず繰り返された裏切りの歴史が証明している。

「ヴェルリッドは中立を保ってくれれば問題はない。我々のことはまず我々で対処すべきだ」

バスティアン公爵が言ってマチアスが黙った。

どちらが正しいということはできない。

ヴェルリッドは同盟の義理を守り戦ってくれるかもしれないが、落ち目とみるや突如同盟を破棄し

て襲い掛かってこないとも限らないのだ。

「あと猶予は一年と言ったな？」

「はい」

「ことここに至ればもはや時間はないか」

バスティアン公爵が窓の方を向いて呟いた。

その向こうには広大な麦畑とバスティアン公爵家の領地の最大の都市であるギャスコーヌが見えた。

その向こうには王都があるはずだ。

「王都と王陛下の身柄を押さえることは可能か？」

バスティアン公爵の言葉にマチアスの顔が引き締まった。

静かな執務室の空気が張り詰めて室温が下がったように感じる。

「戦術的には可能かと思います。主力の近衛騎士を用いて王都と王陛下の居城を制圧する」

バスティアン公爵の問いにグウェナエルが淡々と応じる。

王都そのものにはさほど大きな兵力はない。そもそも王都を敵勢力に突然強襲されることは想定していないから、大兵力を置く必要がないのだ。

国王直属の騎士の駐屯地があり、貴族の私兵がいる程度だ。

「しかし……あの……その場合は王は誰となるのですか？」

「私がやるしかあるまい。王妃の後見に回るのもいいが」

バスティアン公爵が重苦しい表情で答えた。

「まずはあの……王の座の禅譲をお願いしては如何でしょうか？　……その、なんというか、そう、平和的に」

「猶予があればそうするがな」

バスティアン公爵が答える。

王を説得し、正式な王位継承の儀式を受ける。そんなことをしているうちに1年などすぐに経ってしまうだろう。

「今は時間が惜しい。強い力で流れを作ることが肝要だ」

人の気持ちにも、国の力にも、戦の趨勢にも流れのようなものがある。

手順を踏むより強い流れで押し切ってしまう方がいい時もあるのだ。

「ですが……公爵様が我欲で王の座を簒奪した、などと言われかねません。御名に傷が付きます」

国を思い王を支え、善政をしいて西部をよく統治したバスティアン公爵の名声は国中が認めるところだ。

確かに彼が王の座につけば彼に従う者も多いだろう。

しかし一歩間違えば、その名声に致命的な傷がつく。

王の不在をついて反乱を起こした謀反人として記録されかねない。

「国の為ならその汚名も構わぬ。今はまず強き王が必要だ」

バスティアン公爵が強い口調で答える。

「エリーザベト様は？」

「エリーザベトはまだ若い。女王として国を率いることは難しいだろう」

「カトレイユ王妃様は？」

バスティアン公爵にとってカトレイユ王妃は娘、エリーザベトは孫にあたる。

戦時の王は苦しく身を切るような決断を迫られ常に重圧にさらされ続ける。

そのような境遇にまだ若い彼女たちを置きたくはない。

「セシル様は？　先の戦いでも武功を上げられました」

「あれは庶子の子だ」

彼女の武功は勿論バスティアン公爵の耳にも入っている。

しかし国の頂点に立つ王が、身分も知れない妾との間の子というのは致命的な傷だ。

このような有事であるからこそ、王の座に座る者の名目は説得力がある方が望ましい。

そして、正当な血脈というのはそれだけで説得力がある。

カトレイユ王妃とエリーザベト王女を除けば、現在の王妃の父であり、王家を補完する地位である自分が一番適切であろう。

強い決意を感じるバスティアン公爵に圧倒されるようにマチアスが黙った。

「内密に支度をせよ。イシュトヴェインの侵攻の口実になるようではいかん。必ず成功させるのだ。王陛下の為にも」

「承りました」

「正直僕は賛成とはいえませんが……公爵様のご命令とあらば」

グウェナエルとマチアスが立ち上がって礼儀正しく一礼する。

そのまま身を翻してホールを出て行った……失敗は許されない。

「すまぬ。我が友……そして我が婿よ」

静かになった執務室に公爵のつぶやきが漏れる。

その声とともに壁に飾られた肖像画のあたりで音がしたが、公爵がそれに気づくことはなかった。

◆

「ふむ、なるほど。動きますか」

小さい紙に書きつけられた手紙の内容を読みながらロンフェン宰相が独りごちた。

分厚いカーテンで閉められた狭い執務室、頑丈なドアにも鍵が掛けられている。

赤いランプの明かりだけが部屋を照らしていた。

部屋には堆《うずたか》く本と書類が積み上げられて、古い紙とインクの臭い、そして燃える油の臭いが漂っている。

「国を思うその心、まさにファンティーヌ王国貴族の鏡。流石はバスティアン公爵様」

そう呟きながら、机の上に置かれたインク壺にささったペンを取り上げると、小さな紙に文字を書きつけた。

インクが乾くのを待ちつつ、机の上の金貨を指で触れる。

インクが乾いたのを確かめて紙を丸めて小さい筒にいれた。

ロウソクを手に取って筒に赤い蝋を垂らす。机の奥から自分の身分を証する小さな印章を取り出して、蝋に封を押した。

誰かに見られていないか用心するように宰相が執務室を見まわして本棚の一部を押した。

本棚が軋みを立ててズレて小さな部屋への入り口が開く。

小さな部屋では止まり木に何羽かの鳩が止まっていて、侵入者を見て小さな鳴き声を上げた。

宰相がその内の一羽を手にとり足の金具に筒を取り付ける。

小さな窓を開けて外を見た。

地平線からは太陽の光が見えていて、赤い光が雲を照らしている。新しい一日の始まりだ。希望の朝の。

「行け」

宰相が言って鳩を放り投げると、鳩が翼を広げて飛び上がる。

鳩がまだ薄暗い空中で何度か旋回してまっすぐにヴェルリッド王国に向けて飛び去って行った。

第16話　王国暦271年3月12日　それぞれの決意

冬の寒さが去り春の太陽が輝くようになったその日の朝。

バスティアン公爵家の居城、アーティレア城の広い前庭には百騎の騎士が隊列を組んで集まっていた。

それぞれが各家の紋章が刻まれた豪華な板金鎧《プレイトメール》に身を包んでいる。

それぞれの騎士たちの横には、華やかな旗を括りつけた長い槍を持つ従士たちが付き従っている。

一見きらびやかな閲兵のようではあるが、騎士たちが携えた剣は武骨で、穂先を磨き上げられた槍も使い込まれた跡が感じられる。

それは彼らが決してお飾りの儀礼的な騎士ではないことを示していた。

従士を含めると四百人近い人数がいるにもかかわらず、無駄口を叩く者はいないのが練度の高さをうかがわせた。

緊張感のある沈黙が広い庭を支配している。旗がはためく音と馬の嘶き声、僅かな金属が触れ合う音だけが聞こえた。

彼等はそれぞれがバスティアン公爵家の領内で村や町を治める地位を持ついわばバスティアン公爵家の中核ともいえる騎士だ。

忠義の心もそうであるが、戦闘力でもファンティーヌ王国で最強を誇る、最精鋭たちだ。

「全員、下馬せよ！　公爵様のおなりである！」

騎士団長であるグウェナエルのよく通る声が沈黙を破って、騎士たちがきびきびとした動きで下馬した。

従士たちが跪く。

精緻な装飾を施した金属の胸当《ブレストプレート》てを着たバスティアン公爵が、グウェナエルを従えて騎士たちの前に姿を現した。

全員が姿勢を正して公爵を見つめて言葉を待つ。

彼等に告げられたのは、完全武装で信頼できる従士のみを連れ、今日ここに来るように、ということだけだ。今から何が行われるのか誰も知らない。

公爵が僅かに逡巡するように自分のために集った騎士たちを見た。

ここで命を発すればもはや後に引くことはできない。

今の国のこと、王のことに想いを巡らせる。

自分は決して私欲で動くわけではない。全ては我が国のため、民のため。

そして自分の甥である王のためだ。無力なままで玉座に座ることは彼自身にとっても苦痛なはず。

重荷は自分が背負う。それが自分の務めだ。

「今より王都に向かって出立する。隣国イシュトヴェインは王の不在を侮り我が国の国境を侵している。このままでは大きな戦になるは必定。その前に陳情し王に地位をお譲りいただく。今必要なのは脅威に対抗し国を支える強き王だ」

公爵が言うと精鋭で固められた広場にざわめきが走った。

この話を平然と聞ける人間はいないだろう。すでに話を聞いていたグウェナエルでさえ表情は硬い。

「騎士たちよ、私に従ってくれるか？」

バスティアン公爵が問いかける。広場のざわめきはすぐに収まった。

それは言葉がなくとも伝わる無言の同意であり、公爵の懸念は杞憂に終わった。

隊列をととのえた騎士たちに動揺は見られない。

命令の内容は伏せられていても、これだけの騎士たちが集められるということは、ただ事ではないことくらいは察しがついていたからだ。

そして、このままで大丈夫であるか、ということも。

平時なら王はお飾りでも国という巨大な機関はなんとなく機能する。しかし乱世にあっては王は必要なのだ。

「いいか、これはあくまで国のためだ。諸兄らには言うまでもないが、私掠《しりゃく》などは決して許さん。我らの敵はイシュトヴェイン。王位をお譲りいただいた後に内戦などになっては奴らの思うつぼだ。良いな」

「はい！」

「しかし……この兵力で大丈夫でしょうか」

公爵の後ろに控えるマチアスが不安げに言う。

彼らの前に整列した兵は四百人足らず。最精鋭ではあるが数が揃っているとは言いがたい。

「そもそも都の周りには兵は少ない。数ならこれで十分だろう」

グウェナエルが言う。

「これ以上数を揃えれば時間がかかりすぎるし無用の軋轢を生みかねん。我らの望みはあくまで平和裏に王位をお譲りいただくことだ。武力で威圧したと思われるのは本意に非ず」

バスティアン公爵が言って天を仰いだ。

国にとっての一大事が起ころうとするその日の朝は、その不穏さとは縁がないようにきれいに晴れ渡っていた。

◆

「どう？　いい景色だと思わない？」

「素晴らしいな。流石姫様」

最近、セシルはエドガーと二人きりで遠駆けすることが増えた。

最初は特に目的もなく二人で馬を走らせるだけだったが、最近はそれぞれが王都の周りで景色が良い場所を探し、お互いに紹介しあうという風になっている。

今日はセシルの受け持ちだ。

セシルが選んだのは王都から五時間ほど走った場所にある、古い教会址だった。

なだらかな坂を上った場所からは、豊かな森とそれを貫く街道。その向こうには輝く湖が見える。

朝、二人で合流して昼食を用意し、一緒に馬を走らせる。途中で二人で食事をとってまた馬を走らせる。

恋人同士の逢瀬のようでもあり、戦友同士の友情のようでもある。不思議な気持ちだ。

二人で馬を並べて走っていると、少し離れているのに手をつないで走っている気さえする。近くに寄られると胸が高鳴る。

狼は自分の獲物に執着する、他の誰にも渡す気はない、という舞踏会での言葉が今もはっきりと思い出される。

並んで景色を眺めていると本当に世界に二人きりのように思えてしまう。

隣で真剣な顔で景色を眺めているエドガーを見た。くせのある金髪と獅子を思わせる鋭くも涼やかな目つき。

「どうしたの？」

「いや……」

東の方を睨むようにエドガーが見る。

ついさっきまでの気楽に景色を楽しむ穏やかな雰囲気は消えていた。

「……少し待っていてくれ」

エドガーの体を獣憑きの光が覆った。

光を纏ったエドガーが風のように丘を駆け下りていく。

なにが起きたか分からないままでセシルは一人で丘の上に取り残された。

馬が不安げに嘶《いなな》いた。風が吹き抜ける音がする。まるで一人ぼっちのように思えた時、エドガーがまた丘を駆けあがって戻ってきた。

「どうしたの？」

「姫様。今すぐ都に戻ろう……騎士団が王都に向かってきている」

真剣な顔でエドガーが言う。

エドガーが言ったことがセシルには一瞬理解できなかった。

「……単なる移動なんじゃないの？」

貴族が移動する時は旗下の騎士や兵士を従えて移動するのが通例だ。

「そういうのじゃない。恐らく三百人近い規模だ……旗印は多分バスティアン公爵」

「そんな、バスティアン公爵様が」

バスティアン公爵は王妃カトレイユの父親でセシルと伯爵には直接の血縁はない。

ただ王家に次ぐ重鎮に家であり、彼自身にも会ったことはある。

カトレイユ王妃から王の気持ちを奪ったマルグリッドと庶子である自分を憎んでも不思議ではないのに、殊更に虐げることもなく、王族の一人として礼節を持って接してくれたことを覚えている。

「どういう意図があるのか分からないが、兵を起こしている以上は遊びに来ているわけじゃない。都まで一直線に行かせるわけにはいかないだろう。都の周辺で展開できるのは俺たちだけだ」

王都には儀仗兵や城壁を護る守兵はいるものの、大規模な兵力は存在しない。

なぜなら王都の周囲に所領を持つ貴族は忠誠心の厚い国家の重鎮たちだからだ。

王都が攻められる状況は通常考えられない。

王都の周辺にいるのはセシルたちのような貴族の私兵くらいだ。

「姫様、行こう」

エドガーが馬に乗ってセシルを促す。セシルも馬にまたがった。

さっきまでの幸せで平和な景色がまるで違ったもののように映った。

◆

儀礼の行列のようにゆっくりと進軍していたバスティアン公爵の軍。

草原を貫くように伸びる街道の向こうに王都の城壁が小さく見えてきた。

普段なら商人たちが行きかうはずの広い石畳の街道には人の姿がない。

不穏な静けさにバスティアン公爵の軍にも緊張感が漂う。

それに、覚悟を決めたとはいえ、王都が見えてくると今からすべきことを意識せざるを得ない。

街道の物見として出していた騎兵が駆けて戻ってきた。

「前方に部隊がいます」

「誰だ？」

「旗印は戦乙女と白狼……セシル姫の部隊です」

公爵が軍勢を押しとどめるように手をあげると、騎士たちが足を止めた。

鎧の金属音と馬の蹄《ひづめ》の音が止む。一糸乱れぬ統率が練度の高さを感じさせた。

公爵の軍が足を止めたことを確かめるように、なだらかな丘の上に戦乙女と白狼を刺繍した旗を掲げて、青の軍装を纏った兵士たちが姿を現した
草原を挟んでバスティアン公爵の軍とセシルたちの軍が対峙する。

「察されていたのか?」

「分かりません」

公爵の問いにグウェナエルが答える。

準備は細心の注意を払って隠したし、領地を出てまだ二日も経っていない。なぜ知られたのかは分からないが、目の前に彼女たちが居ることは事実だ。

「どうしますか? 強行突破しますか?」

軍団の先頭で公爵の横に控えるグウェナエルが問いかける。

「庶子とは言え王陛下のお子だ。力ずくでは大義に反する。それに侮るな。南部での戦い事は聞いているだろう」

「ええ」

ゴブリン、リザードマンの群れを無傷で討伐しただけではない。

南部でのイシュトヴェインとの交戦ではセシルはその魔法で大きな手柄を立てて戦勝の立役者となった。

そして彼女に付き従うのはアウグスト・オレアスの白狼、エドガーだ。

兵数は急遽《きゆうきよ》集めたのか二百名にも満たない。それに彼女の部隊は歩兵ばかりで騎士もいない。

しかし正面から簡単に押しつぶせる相手ではない。

「それに我らの敵は彼女らに非ず。ここで双方に死者を出すことは何の得もない。道理を説き話し合おう。グウェナエル。供をせよ」

「はい、公爵閣下」

グウェナエルが一礼する。

公爵が馬を進めて、その後ろに公爵の旗印を持ったグウェナエルが従った。

軍の隊列から進み出てくる二人の姿は、エドガーとセシルからも見えた。

「どうする、姫様？」

「矢を射ますか？　今ならば討ち取ることも可能かと思いますが」

エドガーが問いかけて、ガーランドが意見を述べる。

「どうすればいいの？」

「あれは軍使だな。指揮官同士の交渉を求めているんだろう……こんな古い儀礼を見るのは初めてだが」

エドガーが言う。

騎士道が華やかなりし古い時代には敵対する者同士でもこのように指揮官同士が口上を述べあったり、お互いに主張をかわしたりもした。

そしてそういう時は、両軍は手を出さないのが戦場の礼節だった。

しかし、今はそんなことをすればここぞとばかりに矢や投石器の石が飛んでくる。

無慈悲で悲惨な戦場では、いつしかそんな儀礼は消えてしまった。

公爵がそうする、ということはすなわちセシルたちへ信を置いているということであり、同時に自分たちもそのような礼節を欠く真似をする気はないということを示している。

「行こう、姫様」

「そうね」

「大丈夫だ。何があっても俺が必ず守るよ」

指揮官は自分だ。自分が行くしかない。

エドガーと共に馬にまたがって進む。簡素な鎧を着こんだバスティアン公爵とその横に付き従う壮年の男の姿が近づいてきた。

信じたくなかったが……間違いなくバスティアン公爵だ。

お互いに見える範囲まで近づくと視線が絡み合った。

「ヴォルド三世陛下の一子、セシル姫とお見受けします。お目にかかれて光栄です。私はバスティアン公爵」

庶子であるセシルへの蔑みを全く感じさせない礼儀正しい口調でバスティアン公爵が言う。

「公爵様。都に向かって兵を進めるとは、何をお考えですか」

「今は国難の時。戦の先頭に立ち旗を掲げられない王は不要です。我こそが王に相応しい」

馬上の公爵が堂々とした口調で意思を述べる。

「姫様、あなたはどう思われますか。我らを侮るイシュトヴェインの兵が国境を侵し、戦の火が上がらんとしています。戦となれば全ての民が苦しむでしょう。今必要なのは、国難に対峙できる強き王ではありませんか」

バスティアン公爵の口上が続いた。

考えが纏まらないというのもあるが、その言葉の強さに圧倒されたようにセシルは口を開くことができなかった。

「我らに私利はなく熟慮の上で行動しています。王を害する意図もありません。兵を退いていただきたい、セシル姫。冷静な判断を望みます」

◆

一しきり口上を述べて、公爵は自陣に引き下がった。

セシルもエドガーとともに戻る。答えを出さなくてはいけない。

今まで戦っていたのは明らかに敵だった。

ゴブリンやリザードマン、そしてイシュトヴェインの敵兵。

しかし今回は違う。バスティアン公爵は王陛下に匹敵する貴族だ。

此処で戦って敗れれば、ただ戦いに敗れるだけでは済まない。自分のために急遽集ってくれた兵たちを反逆者にしかねない。

ここで戦っていいのだろうか……公爵の言い分の方が正しいんじゃないか。

国難に在って必要なのは強き王である。さっきの言葉が頭の中を巡った。

セシルがエドガーに視線をやる。

「姫様、俺はあなたに仕えると誓った。俺の剣の主は姫様だ。剣に足が生えて勝手にどこかに行ったりはしないだろ？　俺が姫様の元を離れる時があるとすれば、姫様が剣を手放す時だけだ」

エドガーが真剣な口調で言う。

「俺は姫にお仕えする者。姫の行く道に付き従いましょう。それが地獄への道であるならば、地獄の悪魔でも姫のために切り捨てましょう」

「我らは戦乙女の兵なり。そのことに誇りを持っております。姫が戦えと言われるのならば我らは戦うだけです」

ガーランドが一礼して兵たちがそれに従う。

セシルの言葉を待つように、周囲に沈黙が降りた。

「私は……国のためとかそういうのはまだ分からないけど」

子供の時、あの幸せな時の父の姿を覚えている。

抱き上げてくれた腕と笑顔。母と幸せそうに寄り添う姿。

強い王は必要なのかもしれない。この間のようなイシュトヴェインの侵攻は王陛下……父上の不在を侮ってのものということは知っている。

でも、王の座を追われる父の姿を見たくはない。

それに王座交代がスムーズにいったなどということは歴史を見返すと殆どない。

それが周囲の野心に火をつけて大乱を招いたことは一度や二度ではない。ここで止めなくてはいけない。

義母であるカトイレユ王妃も、義妹であるエリーザベトも戦場に立つことはできない。

今、父のため、国のため、民のために戦えるのは私だけだ。

「私は父の代わりに……王陛下の代わりに戦うわ。皆、私のために戦ってくれますか？」

セシルの言葉に兵士たちが歓声を上げて応じた。槍が空中に向けて突きだされる。

「流石姫様。剣は良き主に巡り合えて光栄至極です」

エドガーが礼儀正しく一礼した。

「いかなる危険からもこの狼がお守りしましょう」

◆

セシルの部隊は街道から退く気配を見せない。

つまるところそれが返事であった。

「拒絶か……さてどうする」

「我らにお任せを。此方の方が兵数は多く、敵に騎士もいない。騎馬突撃で蹂躙できましょう」

騎士団の重鎮であるダニエルが言う。

屈強な長身を重たげな鎧で包んだ、歴戦の騎士だ。バスティアン公爵が少し困ったように首を振った。

「間違うな、ダニエル。彼女たちは敵に非ず」

「ですが、倒せねば先には進めませんぞ」

「私にお任せください。公爵」

グウェナエルがダニエルを制するように言った。

「どうする？」

「セシル姫の軍は魔法も強力ですが、あの兵団のもう一つの支柱はアウグスト・オレアスの白狼、エドガーです。先陣を切って戦う彼の武勇があの兵団の支えになっている」

「そうだな。それで？」

「私がエドガーを一騎打ちで打ち破ります。そうすれば必ずや彼らは道を譲るでしょう」

グウェナエルがこともなげにいって、ダニエルたち騎士からざわめきが上がった
「……勝てるのか？」

エドガーの武勇は国中に鳴り響いている。間違いなく国一番の強者だろう。

グウェナエルの強さは誰もが認めるところだ。しかしエドガーに勝てるとは思えない。

「獣憑き《ライカンスロープ》、アウグスト・オレアスの白狼。エドガー。獣憑き《ライカンスロープ》の力は強力です。乱戦になれば並ぶものはない。一騎当千でしょう。ですが、一対一なら封じる余地はあります」

グウェナエルが落ち着いた口調で言う。

彼は無意味なことを言って虚勢をはるタイプではない。公爵の返事を待つように全員が沈黙した。

「務めを果たせ」

「しかるべく」

◆

「どう出てくるでしょうか」

ガーランドがバスティアン公爵の側の兵団を見ながらつぶやく。

「普通に考えれば、力押しだろうな。あっちの方が兵数が多いし、こっちには騎士はいない。騎兵突撃を仕掛ければまず負けない……と考えるだろうさ」

エドガーが言う。

「が、それが狙い目だ。そうなれば俺が前線で足止めすればいい。その間に左右から矢を放ってくれ。大きな損害を出せば下がらざるを得ないだろう」

エドガーが言う。

魔法について語らなかったのは、セシルが人に向けて魔法を放つのはまだ抵抗があることがエドガーには察しがついていたからだ。

そしてむしろそれは正常な感覚だ。

対峙する人間を敵だからと斬り倒すことは、言うほど簡単ではない。しかも、今回は全く知らない相手ではない。

敵は敵と割り切る者もいるが、人はリザードマンやゴブリンとは違う。手を下すには葛藤があるのだ。

そして、殆どの騎士や兵士は訓練を積み戦場で戦い、その葛藤をあるいは乗り越え、あるいは割り切っていく。

それができない者は死んでいく。

しかし、相手をただ敵と割り切れない者もいる。セシルのように。

それはその人の心の優しさであり、誰かを思いやる気持ちの表れだ。

「エドガー様！　あれを！」

物見の兵士が声を発して、エドガーたちがバスティアン公爵の軍の方へ向きなおった。

一人の鎧を着た騎士が馬を進めてきているのが見える。

槍ではなく抜身の少し小ぶりな両手剣を携えていた。

草原の真ん中で馬が止まって、男が馬から軽やかに降りる。

「アウグスト・オレアスの白狼！　エドガルド・ファォン・ヴィリエよ。私はバスティアン公爵にお仕えする騎士団長、グウェナエル！」

静かな草原に低くよく通る声が響いた。

「お前との一騎打ちを所望する！　名誉ある騎士として応じてもらいたい！」

セシルの側の兵士たちがざわめいた。

リザードマンやイシュトヴェインの兵を単騎で斬り裂いた武勇は目にしても信じられないものだ。

勿論直接目にしたものは多くはないが、その武名を知らない者はいない。

それに対して一騎打ちを挑む者がいるとは。

「おいおい、流石に……」

「分かってんのかよ」

兵士たちが言葉を交わし合う。

「一騎打ちとは全く古風だね、公爵様は。で、どうする、姫様？」

エドガーがセシルを見る。

今は自分が指揮官だ。決断しなくてはいけない。

相手の騎士団長を倒せれば……公爵も引き下がってくれるかもしれない。

そして、どういう形であれ、公爵の側にも自分の側にも犠牲を出すのは全く無益だ。

でも……エドガーのことを知っていながら一騎打ちを挑んでくるというのは、何らかの勝算があるということじゃないのか。

ただ、広々とした草原に伏兵を隠すような場所はない。

「……行ってくれる？」

セシルの言葉にエドガーが首を振った。

「姫様、剣の主として命令をいただきたい」

「かならず勝ちなさい。そして……」

「勿論、貴方の元に戻りましょう、姫様」

エドガーが不敵に笑った。

「恩賞の先払いをいただいてよろしいですかな？」

「え？」

答えるより早く、エドガーがセシルを抱き寄せた。

硬い鎧と厚手の外套越しに彼の手の強さと熱を感じる。

「それでは」

◆

獣憑き《ライカンスロープ》の光を纏ったエドガーが草原を風のように駆け抜けてグウェナエルと対峙した。

身の丈ほどもある愛用の大剣を一振りする。

それに応じるようにグウェナエルが両手持ちのものとしては少し短く細身の剣を構えた。

サイズ的には両片手持ち剣《バスタードソード》に近い。

グウェナエルが剣を眼前で縦に構えて一礼した。これも一騎打ちの時の古い騎士の儀礼だ。

エドガーがそれに応じるように同じようにして一礼する。

「悪いが……俺に勝てると思うかい？」

「アウグスト・オレアスの白狼。お前は手ごわいが倒せなくはない」

グウェナエルが応じて剣を斜めに構える。

エドガーが大剣を担ぐように構えた。五メートルほどの距離で二人が向かい合う。

僅かな間があってエドガーが地面を蹴った。白い光が煌めいて金属音が交錯する。

誰もが勝負あったと思ったが、土埃を上げて一人が転がり、一人が膝立ちになっていた。

「そんな？」

「まさか」

地面に転がっていたのはエドガーだった。

◆

グウェナエルが剣を構え直す。

エドガーが飛び起きて距離を取った。頬の切り傷から血が流れていて、鎧の肩は大きく斬り裂かれていた。

「一体……なにが？」

ガーランドがつぶやく。

セシルは声を発することができなかった。今の一瞬、何が起きたのかは全く見えなかった。

ただ、傷ついたのはエドガーの方だ。

その瞬間、何が起きたのか分かったのはエドガーとグウェナエルだけだった。

まっすぐに踏み込んだ瞬間、グウェナエルは軸をずらすように踏み出して、エドガーの斬り込みに合わせてその軌道上に剣の切っ先を置くようにしたのだ。

「まさか……」

グウェナエルの技は、勿論エドガーには分かった。

言うだけなら単純なことだ。踏み込みに合わせて突きを置くように見舞うのは剣術の初歩的な斬り返しの技術だからだ。

しかし、それは常人同士の話だ。

人を超えた膂力と速度を持つ獣憑きのエドガー相手にそれをやるのが尋常なことではないのは言うまでもない。

寸前で身をかわさなければ、突きにそのまま突っ込んでいって串刺しにされていただろう。

斬られた肩は鎧が防いでくれて、頬は僅かに切れただけだ。

痛みは多少あるが、それ以上に背筋に走る悪寒の方が強かった。

「獣憑きは人を超えた速さと強さを持つ。しかしその強さは直線的で単純だ。乱戦でお前を倒すのは難しいが、一騎打ちならばその隙を捉えることはできる」

「戦ったことがあるのか？」

「昔、一度だけな」

グウェナエルが答える。

「引き下がれ、命は惜しいだろう。我が主の望みは平穏に王位を得ること。お前を殺せば、アウグスト・オレアス辺境伯と事を構えることになりかねん」

「それは安心してくれ。暗殺したとかならともかく、正々堂々と戦場で俺を倒す分には親父は怒りはしないさ」

　エドガーが言う。

　今まさに死神の鎌が喉を掠めたはずなのに動揺は見られない。

「……恐ろしくはないのか？」

「騎士の信念の為、そして主のためなら命を惜しむかい？　あんただってそうだろ？」

　エドガーが言って、グウェナエルがそれに同意するように頷いた。

「だが俺の方が優位だ。なぜって俺にはもう一つ命を懸ける理由がある」

「それはなんだ？」

「俺はあの姫様に惚れているんでね。惚れた女の為なら命を張るのが男だろ。あの人の前で無様に逃亡なんてできないね」

　エドガーがもう一度大剣を担ぐように構えた。

「それに今ので殺せなかったのはあんたの失態だ。同じ手は食わないぜ」

「その武勇と心胆。殺すには惜しい。それに、来るべきイシュトヴェインとの戦いにお前の力は必要だ。もう一度言う……引き下がれ」

　グウェナエルが言って一歩下がって剣を下ろす。

「そういうわけにはいかないって……」

「「「エドガー様、お下がりください！」」」

　エドガーの答えを遮るように、草原の向こう、セシルの兵士たちの声が響いた。

◆

「「「バスティアン公爵様！　今から戦乙女の力、お見せします。我らも戦は望みません。賢明なるご判断を望みます」」」

再び草原にセシルの兵士たちの声が響く。

同時に青い空を覆うように黒い雲が広がっていった。まるで夕暮れのようにあたりが暗くなる。

その場にいる者が覚えたのは、嵐の前の感覚だ。

空が陰り肌に触れる空気が湿り、とてつもない雨と雷が迫ってくる、その感覚。

天を操る力は奇跡であり、もはや神の領域だ。誰もが恐れをなすように空の変化を見守る。

真っ黒い雲が天蓋のように渦を巻いて集まって草原の真ん中の空を覆った。

「un nuage noir couvrait tout le ciel, éclairant la merde de tempête partout dans le monde. laissez tomber le maillet du jugement sur le péché!」

セシルの歌うような詠唱と同時に耳をつんざく雷鳴の音が響いた。

黒雲から白い稲妻が地面に落ちて、太陽の光を遥かに超える閃光がその場にいる全員の目を焼く。

轟音が響いて地面が震えた。

「一体何が……」

公爵が目を開けたその視線の先では黒雲はもう消えていた。

そして、ついさっきまでは緑の草原が広がっていた場所には、すり鉢のように抉られて、茶色の地面が見えていた。

四十メートル近い巨大な穴の周りは草が焦げて薄く煙が上がっている。

轟音を振り払うように、エドガーとグウェナエルが首を振る。

あっけにとられたようにさっきまでと一変した景色を見ていたグウェナエルがため息をついた。

「大したものだ。流石は戦乙女か」

「俺の姫様だからね」

グウェナエルが言って、エドガーが自慢げに応じる。

「良き主のようだな」

「「「団長殿！　お戻りください」」」

草原に今度はバスティアン公爵の軍の兵士の声が響いた。

グウェナエルが声の方を一瞥して剣を鞘に収める。

「また会おう、エドガー」

「次は勝つ」

短く言葉を交わして二人はそれぞれの陣地に向けて歩み去った。

◆

「これほどとはな……」

「魔法恐るべしですな」

バスティアン公爵の傍に控える騎士たちが驚いたように声を上げる。

火薬を使った火砲も普及しつつありその威力は高いが、そんなものを寄せ付けない威力だ。

あれを陣形の中央に撃ち込まれれば、単純な被害もさることながら兵士たちの動揺ははかりしれないだろう。

魔法を目にしたことがある者は殆どいない。

魔法の素質を持つ者は恐ろしく少ないし、少ないがゆえに偏見に晒されることも多いから、気づいてもそれを隠す者もいる。

そもそも気づかずに生涯を終える者も多い。

実戦の場でこれほどの威力の魔法を操れるものは大陸中を探しても稀だろう。

「あれほどの魔法を見たことはあるか？」

「いえ……僕の知る限り、あの規模の魔法はモルガンくらいでしょう……そもそも事実かどうか分かりませんが」

「モルガン……伝説の魔女か」

二百年前、大陸の東方に位置するイーレルギア公国の宮廷魔導士を務めたという魔法使いがモルガンだ。

強力な魔法を操り数々の武功を立て、小国だったイーレルギアが大国にのし上がることに貢献したと言われている。

その魔法は国境の城壁を一撃で打ち砕き、焔の魔法は巨大な森を灰に変えたという。

しかし、歴史を見れば珍しくもない話ではあるが、彼女はあまりに強力過ぎる能力ゆえに疎まれた。

最後は怪しげな魔術で王を誘惑し国を乱した妖妃として記録から抹消されてしまった……とされている。今は民話や口伝えの物語に僅かな痕跡が残っているだけだ。

「イシュトヴェインとの戦では間違いなくあの力は必要になる。なんとか我らの意思を汲んで頂きたいものだがな」

「公爵閣下。僕の調べによればセシル姫の母君マルグリッドが王都の近郊の古城におられるはずです」

マチアスが恐る恐るという感じで口を開いた。

「それで？」

「その母君に……なんというか、そう……説得していただいてはいかがでしょうか、ここに来ていただいて」

マチアスは曖昧に言うが、そのの意味は明白だ。

一部の兵をその城に差し向けて、セシルの母であるマルグリッドの身柄を押さえれば、セシルは戦うことはできなくなるだろう。

セシルが戦えなければ、彼女に従うエドガーも剣を置くだろう。

彼の調べによれば、その古城はマルグリッドの監獄のようなもので、警備の兵はごくわずかだ。

早馬をとばせば恐らく一日もかからずにケリがつく。

「ふむ……悪くない献策だな。マチアス。それが今は相応しくないことも分かっているな？」

公爵が言って、マチアスが黙って小さく頷いた。

これが敵であるのならば、躊躇なく実行されるべき策だ。敵の弱みに付け込み優位を得るのは戦場では当然のことだ。

そして、それがこの状況に相応しくないことも勿論彼には分かっていた。

「だが、お前がなぜそのようなことを考えてくれたかも分かっている。感謝するぞ、マチアス」

「有難きお言葉」

大義のための行動であることは分かっている。

自分の策が卑劣であることも分かっている。この清廉さがあるからこそ騎士たちも自分もこの人に忠誠を誓うのだ。その旗や紋章、血筋ではなく、彼自身に。

だがそれでも。今は手段を択《えら》ばずに目的を果たすべきではないのか。

マチアスは思う。

◆

大剣を担いだエドガーがセシルたちの陣に戻ってきた。

しかし空気は重い。一騎当千の力で今まで誰も寄せ付けなかったエドガーがまさかたった一人の騎士に追い詰められるとは。

「ごめんなさい、エドガー……でも」

騎士同士の一騎打ちに横から割り込むのが名誉に反することは分かっていた。

そしてそれがエドガーの誇りを傷つけることも。

でもあそこでなにもしないわけにはいかなかった。

万が一でも彼が死んだらと思うと、何もかも分かっていても手を出さないことはできない。

「いえ、助けられましたよ。感謝します。姫様」

エドガーが淡々と応じた。

あのまま戦っていたら……次は斬られたかもしれない。それは彼にもよく分かっていた。

「親父が武者修行に行け、といった意味がようやく分かったよ……世間は広い。俺は少し思い上がっていたかもしれない。俺に勝てる奴なんていないと思っていたのかもしれない」

エドガーが静かに言う。

「だが、生きてさえいれば、もう一度機会は訪れる。次は必ずや勝ちますよ、姫様」

◆

「隊長、今日も平和ですね」

「そうだな」

若い兵士、ティエリが年嵩であるこの砦の隊長、ロベールに声を掛けた。

ロベールの声からも緊張感は今一つ感じられない。

とはいえ、来る日も来る日も何も起こらない景色を眺めれていれば当然なのかもしれないが。

昨日は何事もなく、今日は草原を走る鹿を仕留めただけだ。明日もきっと何も起きないだろう。

西のなだらかな山に日が傾き始めて空が赤く染まりつつある。

この山は隣国であり同盟国であるヴェルリッドとの国境線だ。

ここは王国の最西端、ヴェルリッドとの国境線に一番近い砦だ。

とはいえ、最前線の砦として機能したのはもう百年以上前だ。ヴェルリッドと王国は同盟関係になり、この砦は前線基地としての役割を失った。

今は形ばかりに四十人ほどの兵が詰めている。

ここは手柄を立てたい兵士や騎士にとっては閑職であり追放にも等しい地位だ。

しかし、いつ何が起きるか分からないイシュトヴェインとの国境よりここの方がいいと考えるものもいる。

そういう兵士にとっては有難い職場だった。

「ところで隊長、聞きましたか？」

「なにをだ？」

「王都の方で公爵様が反乱を起こされたと」

「あの方だけはそれはないだろうよ」

「そうですよね……全く人騒がせな話ですよ」

「誰が言ったんだか……とはいえ、まあ仕方ないことだがな」

華やかな王都はともかく、田舎になれば娯楽も少ない。

ちょっと聞いた噂話《ゴシップ》を大袈裟にして楽しむことはよくある。それは兵士でも平民でも騎士でも変わりはない。

噂話《ゴシップ》は貴重な娯楽なのだ。

夕方の少し冷えた風が肌を撫でた。今日の役目もこれで終わりだ。

「ではそろそろ遅番の兵を起こしてこい。俺たちは引き上げる」

「遅番って言ってもどうせ何も起きませんよ」

夕飯のことを考えて気が緩んだその時、城壁でも一段高くなったところにいる兵士の声が上から降ってきた。

「なんだ？　鹿でもいたか？」

「いえ……あの、此方へ来てください」

兵士が震える声で言う。

ロベールがのんびりとすり減った階段を上って高台に立った。

兵士が指さしている草原の方を見る。

遠い向こうから迫ってきているのは、幾重にもはためく軍旗と歩兵が構える長い槍、それに馬車や馬の上げる土煙。

「まさか……」

◆

地響きのような馬の蹄の音が近づいてきた。

大きめの馬車と騎士たちの隊列が近づいてきて、その姿がはっきりと見える。

馬車に掲げられた旗は見知らぬ貴族の紋章を縫い取られたもの、そしてヴェルリッド王国のものだ。

しかも馬車に乗った兵士たちや騎士は完全武装だ。

ヴェルリッド王国軍が国境を破って攻撃をしてきている。

「狼煙を上げろ、急げ」

「しかし……狼煙台の準備に時間が……」

兵士の一人がうろたえたように応じる。

「急げ！　なんでもいいから燃やすんだ。煙を上げろ！」

「はい！」

兵士たちが狼煙台の方に駆けていく。

とにかく今起こっていることを知らせなくてはいけない。

城壁から見下ろすと、馬車から降りた弓兵が陣形を整えていた。

その数は優に三百人を超える。その後ろにも敵は居るだろう。此方の手勢は四十人。

……なんでこんなことになったのか……湧き上がる絶望的な気持ちを歯を食いしばって振り払う。

「急げ！　全員武装して城壁に上がれ！」

ロベールが叫ぶ。

兵士たちの叫び声と鎧や矢じり、剣が触れ合う金属音がして、次々と兵士たちが城壁に駆け上がってきた。

しかし、その時、無数の弦の音が城壁の下から響いて、黒い塊が空に向かって舞い上がった。

絶望的な思いで城壁の兵士たちがそれを見上げる。

血のように赤く染まった空から矢が雨のように降り注いだ。

第17話　王国暦271年3月14日　侵略の始まり

ファンティーヌ王国暦271年2月28日。

そしてヴェルリッド王国暦351年2月28日。

ヴェルリッド王国の王城、ヴァーリの謁見の間は、天井から豪華な飾り布が下がり、天窓から差し込む光が、拾い謁見の間を明るく照らしていた。

そして謁見の間の玉座に座るヴェルリッド国王アルターリ二世の前には一人の男が立っていた。

ファンティーヌ王国の宰相であり、王妃カトレイユの側近、ロンフェンだ。

「バスティアン公爵が領内の騎士たちに命令を発しました。鳩で送った通り確かな情報です」

謁見の間に居並ぶ貴族と騎士たちがロンフェン宰相を見る。

しかしその視線を何事もないかのように受け流して宰相が言葉を続けた。

「今が攻撃の時です。イシュトヴェインとの国境は警備は厳重ですが、そちらとの国境はそうではない」

ロンフェン宰相の言葉にアルターリ二世が沈黙した。

ヴォルド三世とはほぼ同世代の五十歳ほど。ヴェルリッド王家特有の茶色の髪には少し白いものが混ざりつつある。

肥満と言えるほどの巨体で自分で先陣に立つことはないが、冷徹と聡明が同居する知性で国を富ませ周辺の小国を併合して領土を拡大してきた。

安定した統治に加えて子宝にも恵まれて、王国の行き先はまず安泰と言っていいだろう。

「なぜ君はこんなことをする？　君はファンティーヌ王国の摂政だろう⁉」

王を支える側近の一人である貴族が言う。

「私は貴族でも何でもありませんので……利の有る方につくだけです」

ロンフェン宰相が当然というような口調で答えた。

「ヴォルド三世陛下は体を悪くして殆ど表舞台に出ず、王妃が政治の真似事をしていますが、貴族たちの総意を得たわけではなく、何となくそうなっているだけです。それに、所詮は女だ。ファンティーヌ王国は各貴族の寄り集まり。支柱がない国は藁の家です。国難になればたちまち倒れる」

淀みなく宰相が答えた。

「公爵が内乱を起こした今、あなた方が事を起こせばひとたまりもないでしょう。今が売り時です」

直截な言葉に居並ぶ貴族たちから小さく非難の声が漏れた。

あまりにも忠誠心がない言葉だ。

「王よ。このような者が信じるに足りましょうか⁉」

一人が蔑みを隠すことなく王に向かって言うが、宰相は全く動ぜずに薄笑いを浮かべた。

「同盟など守る気はないでしょう？　機あらばと狙っていたはずだ。だから私と接触し、今も私の話に耳を傾けている。もしそんなつもりがなくてあくまで義理を通そうとするなら、私はもう処刑されているはずだ。今更綺麗ごとはなしにしましょう」

ロンフェン宰相が言って、その場にいる貴族たちが沈黙した。

事が起きた時の同盟関係の脆さは歴史が証明している。ヴェルリッド王国もその歴史の中で同盟関係の隣国に裏切られて手酷い損害を受けていた。

「どの道、貴方たちが動かなければイシュトヴェインが動く。東部国境はアウグスト・オレアスの辺境伯が抜かせないでしょうが、イシュトヴェインが事を起こせば、たちまち敗走するでしょうね」

ロンフェン宰相が言うと、貴族たちの間に僅かに動揺の色が走った。顔を見合わせて言葉を交わす。

イシュトヴェインがファンティーヌ王国を侵略すれば、イシュトヴェインと国境を接することになる。

強力な王権で結束し、精鋭の騎士団を持つ彼らが領土を拡張しようとしているということを知らない者はいない。

なんどもファンティーヌ王国と諍いを起こしているし、大規模侵攻は遠くないとも言われている。

今はファンティーヌ王国が防波堤になっている形だが、万が一侵略されて、その財と土地を手中に収められたとしたら。

ヴェルリッド王国にとって途轍もない脅威となるだろう。

「イシュトヴェインはこのことを知らない。今なら先んじられますよ」

ロンフェンの言葉にアルターリ二世がしばらく考え込んで頷いた。

「そうだな、そういうことなら仕方ない。諸兄ら、兵を速やかに集めるように」

王の言葉は絶対だが……それでも僅かに動揺のような空気が場に漂った。

百年の同盟国であり、親戚関係の貴族も多い。それをこのように容易く裏切っていいのか。

「安心してくれ。諸兄らの血族を害する気はない」

不安な気持ちを先回りするようにアルターリ二世が言う。

「しかし、兵はともかく、兵糧や物資は足りませんぞ」

「現地徴発すればいいだろう？　やると決めた以上愚図愚図と機を逃すのは得策じゃない」

平然とアルターリ二世が答える。

私掠は戦場では珍しいことではない。だが、略奪を前提とした戦いは騎士道に反するというのは今も根強い不文律だ。

「しかし……」

一人の貴族が抗議の声を上げるが、アルターリ二世がそれを制するように一睨みした。

「流石聡明なるお方だ。サン・メアリ伯爵領が狙いめです。国境からも近い。彼は臆病で保身的だが土地は豊かだ。所領を安堵すると言えば容易く従うでしょう」

ロンフェン宰相が言って、アルターリ二世が頷いた。

「それで、ロンフェン宰相……いや、もはや宰相ではないな、ロンフェン。君にはどう報いればいいかな？」

「適切な対価を与えていただければ十分です。金貨が望ましいですな」

「いいだろう。しかしこの後も君の情報に頼ることがあるだろう。まず今までの分について支払おう。この戦いが成功に終わったら残りを支払う、それでどうだね？」

「それで結構です。我が王《ミア・マエスタ》」

ロンフェンが完璧なヴェルリッド王国の公用語の発音で敬称を言って恭しく一礼する。

アルターリ二世が皮肉気に唇をゆがめた。

◆

「公爵様が反乱を起こされた、だと」

「すでに王都は火の海と聞いたぞ」

「いや、それはない。たまたま我が身内が王都から戻ったが王都は平穏とのことだ」

「しかし、それはいつの話ですか？」

「セシル姫の部隊が公爵様と戦っているとも聞くが……」

「それよりも、もっと考えることがあるでしょう！」

「その通りです。ヴェルリッドが国境を侵した。これは確かですぞ！」

サン・メアリ伯爵の居城であるニーシア城の広間では、彼の兵団の騎士団長や参謀たちが言葉を交わし合っていた。

次々と伝令が情報を伝えてくるが、それのうちどれが本当でどれが嘘かも全く分からない。

ただ、ヴェルリッド王国の兵が国境を越えたことは確実だ。

国境沿いの砦は奇襲を受けても踏みとどまり、狼煙を上げることには成功した。

しかし、その狼煙を見た者は意味を理解できなかった。

百年の同盟国が裏切りをおこなうなど誰もが予想外だったからだ。

国境沿いの領土を治める二つの貴族家は一つは抗戦を選ぶも統制が取れぬまま敗れ、一つは白旗を上げた。

そもそも同盟関係にあるヴェルリッドと勝手に戦端を開いていいのか。

ことここに至っても、その決断をすることは難しい。

しかも王が実質的に不在では誰を頼ればいいのかが分からない。誰が指揮をすべきかも分からない。

誰もが混乱していた。

イシュトヴェインの侵略は予想されていたが、こっちは完全に予想外だ。

しかも国内最大の公爵が王都に向けて兵を出すというこちらも予想外の事態。

支柱なき国が如何に脆いのかを思い知らされた。

そして、今まさにヴェルリッド王国の軍が自分の……サン・メアリ伯爵の領地に迫りつつある。

どうするのか決めなくてはならないが、誰にも結論を出すことはできなかった。

会議と言う名の無益な話し合いが始まってすでに半日近くたった頃、広間のドアがノックされた。

ドアが開いて侍従が一礼する。

「伯爵様」

「なんだ?」

「……その、使者が……ヴェルリッド王国の騎士と名乗っています」

◆

戸惑ったような表情の侍従に先導されて入ってきたのは一人の長身の騎士だ。

ヴェルリッド王国の紋章が入った胴当てと威圧的とも思える血のように赤く染められた外套を纏っている。

男が部屋に入ってきて一礼した。

全員の敵意に満ちた視線をものともせずににこやかに男がほほ笑む。それはつまるところ、優位に立つものの余裕の表れだった。

「初めてお目にかかります。サン・メアリ伯爵。わたくしはヴェルリッド王国の騎士、イザックと申します」

「それで、何の用だ」

「サン・メアリ伯、ご安心ください。あなたの所領は安堵されます。我らの要求は一つ。ただ領内を進ませてくれればいい」

イザックと名乗った騎士が敵中ということを感じていないような堂々とした態度で告げる。

「平和と平穏を愛するあなたのことだ。大事なこの所領、そして家をお守りください。無益な争いをしてまで国のために尽くす必要はないでしょう。くれぐれもご短慮なきように。では、領内の通過は二日後なので、よろしくお願いいたします」

一方的に要求を告げてイザックがもう一度一礼する。

「僭越ながら、兵糧と軍資金の拠出などの厚遇をいただければ、今後の我が王の覚えも宜しくなると思います。今後、我らはともに同じ王をいただく貴族となります。我々は信用できます。よろしくお願いいたします」

そう言ってイザックが部屋を出て行った。

足音が遠ざかっていって聞こえなくなった頃に誰かが大きくため息をつく。

「どうなさるのですか？」

側近の騎士団長が聞いてくる。

何時間も話し合ったが……結局のところ道は二つしかない。戦うかそれとも言われるがままに道を開けるか。

サン・メアリ伯爵が沈黙した。

誰もが彼の言葉を待つ。

王妃様の意向を恐れてセシルとマルグリッドを見捨てた。

こそこそと目立たないように、王妃様の逆鱗に触れないように細やかに手を貸すのが精々だった。

寒い部屋で独り震えるマルグリッドのこと、戦場で命を削って戦ってきたセシルへの後ろめたさは、家臣のため、所領のためと言い訳をして見なかったことにしてきた。

今、セシルとエドガーの部隊、そしてバスティアン公爵様の部隊が都の近辺で睨み合っているという。

恐らく王陛下のために戦おうとしているセシル。

そして王不在のこの国を憂えて反逆の汚名を覚悟して立ったであろうバスティアン公爵。

どちらが正しいのか、それは分からない。

だが、それぞれが思いを乗せて向かい合っている。

そして、自分はどうなのだ。

侵略者から所領を安堵すると言われて有難く感謝して道を譲るのか。そして、なによりも黙って道を譲ると思われたことが許せない。

「騎士を招集せよ。我らは路傍の石に非ず。我が所領は道路に非ず。厚かましい侵略者どもに此処より先を寸土も踏ませてはならん」

騎士団長が予想外というような表情を浮かべて、深く一礼した。

「ご下命、受けたまわりました、我が主。近隣の領主にも援軍を求めましょう」

そう言って騎士団長が部屋を出ていく。

「ユーレン。民に触れを出せ。街道筋から避難するように。一隊を率いて彼らをエズラ砦へと誘導せよ」

「直ちに！」

ユーレンと呼ばれた騎士が何人かの従卒を連れて慌ただしく部屋を出ていった。

「ヴェルリッド王国の軍に兵糧と軍資金を渡すという使いを送れ。そこを奇襲する。人の国に土足で踏み入ってくるような連中を正々堂々と迎え撃つ気はない」

サン・メアリ伯爵が矢継ぎ早に命令を発する。

普段の優柔不断で面倒事を避ける姿はそこにはない。配下の騎士たちが少し戸惑ったように、少し誇らしげに命令に従った。

広間から人気がなくなる。

これでよかったのか……僅かな召使以外だれもいなくなった部屋を見て思う。

見なかったことにする方が良いのではないのか……もし勝てなければどうなるのか。

ただ、心の中の様々な言い訳を何かがかき消した。その気持ちが何なのか、自分でもよく分からないが。

こうなった以上、自分も前線に出なくてはならない。

貴族は、領主は、配下の騎士たちの前で指揮を執り範を示すものなのだから。

しかしここ十年以上、戦争には参加していない。

部屋の隅で抜かれないままに十年がたった剣と自分の突き出した腹を見る。こんなことで戦えるのだろうか。

「あなた」

「父上」

ドアが開いて入ってきたのは愛妻であるマリアと一人息子であるミシェルだ。

「はやく避難せよ。敵が迫っている。戦になるぞ」

その言葉で全てを察したマリアとミシェルがわずかに顔をこわばらせた。

唇を噛んで小さく会釈する。

「御武運を」

「お父様……死なないで」

「任せておけ。必ずや勝ってお前らを迎えに行くからな」

我ながら似合わない言葉だとは思うが……息子の手を握って妻を抱き寄せる。

侵略者が約束を守るとは限らない。力がなければ押しつぶされ従わされるのみだ。

あの二人を守るためにも戦わなくては。

第18話　王国暦271年3月18日　反撃の狼煙

「あの宰相の言うとおりだったようだ」

「でしょうね」

ヴェルリッド王国軍の先陣を率いる騎士アントニアと、その補佐を務める騎士イスタスが馬上で言葉を交わした。

その後ろには長い兵士たちの隊列が続いている。

サン・メアリ伯爵領に入ったが抵抗らしきものはなかった。

本来なら街道沿いにいるはずの兵士たちの姿もない。石畳で整備された広い街道は進軍にはちょうどいい。

内政には長けるが意気地がなく、王に尻尾を振り、王の力が弱まって王妃が実権を握ったら保身のために王妃にすり寄ったような男だ、という。

使いに出したイザックの報告とも一致した。

弱気に流れた敵など戦って踏みつぶすことも難しくはない。

しかし、自軍に無駄な損害を出す必要もなければ、農地や街に被害を出すのも好ましくはない。

早々に降伏してくれればそれが一番よい。

その後彼をどうするかはその時に決めればいいだけだ。

「伝令です！」

先行させた騎兵が街道を駆けて戻ってくるのが見えた。

「サン・メアリ伯爵の使いが参りました。この先の街道沿いの街に糧秣と薪《まき》、それと軍資金を用意しておくとのこと」

「ほう……それはそれは」

「我が居城で出迎えることも考えたが、皆様の足を止めるのは申し訳ないゆえに利便を考えた、とのことです」

「なかなか殊勝だな」

報告を満足げに聞きアントニアがそのまま馬を進める。

二時間近い行軍が続き、太陽が中天に上る頃、先陣が街道沿いの宿場にたどり着いた。

何件かの旅籠が並んだ宿場は人気がなく、広場の中央の井戸の周りには、白い麻袋や樽が満載された馬車が五十台ほど並んでいた。

これがサン・メアリ伯爵からの貢ぎ物だろう。

「馬は流石に付けけんか。まあ仕方ない。十分だな。しかしこれだけのものをポンと差し出せるとは、確かに豊かな領土のようだ」

「まさしく」

アントニアの言葉にイスタスが応じる。

進軍する時、街道沿いに広がる麦畑は整然と区画整理され、隅々まで水路が張り巡らされていた。

ここを誰がもらい受けるにせよ、希望者は多いだろう。願わくば手柄を立てて自分がもらい受けたいものだ。

今は小さな所領を治めるだけだが……ここをいただければ貴族に列せられるかもしれない。

アントニア子爵……想像するだけで良い響きだ。

無論、イスタスも同じように考えているに違いない。このまま平穏に進撃できるなら、この先はどう目立つ手柄を立てるかが重要になってくるな。

「後続の荷駄隊を待つか。ここでいったん休憩にする」

「了解です」

続々と兵士たちが街に入ってきて思い思いに旅籠に入ったりして休みを取り始める。

広い宿場町はたちまち兵士たちに埋め尽くされた。

「樽は酒か？　一つくらい構うまい。開けてみよ」

アントニアが命じて従卒の一人が樽の封を切る。

開いた口からはほんのりと甘い香りが漂った。樽の中には果実酒が満たされている。

従卒が樽に器を入れて中の酒をアントニアとイスタスに差し出した。

香りをかぐだけで分かる。上質な葡萄酒だ。ヴェルリッド王国でも葡萄酒は作るが、その中でも上質なものに似ている。

イスタスが器に口をつけた
「これは質の良い葡萄酒ですな」

「これほどの心づけをする者から領地を奪い取るのは少し心が痛む」

「まことに」

アントニアとイスタスが顔を見合わせて笑った。

「その一樽分は皆に振舞ってよし。ただし騎士や騎兵からだぞ」

「はい、アントニア様」

兵士の一人が嬉しそうに樽を馬車から降ろす。

兵士たちが群がって思い思いに樽に器を差し込んで、葡萄酒を飲み干す。歓声が上がって、誰かが謳い始めた。

「祝勝の宴には気が早いぞ」

「しかし、ここを得れば勝利は近いでしょう」

アントニアの言葉にイスタスが応じた。

今回の戦いは急遽始まったという事情もあり、補給には不備がある。しかしこれほどの豊かな領土を拠点にすればその心配はなくなる。

「前途は明るいな」

賑やかに騒ぐ兵士たちを見つつアントニアが言う。

その時、風切り音がした。不穏な気配を感じたように兵士たちが空を見上げる。太陽に重なるように、空中に赤く光るものが浮かんでいた。

「なんだあれ？」

誰かが言ったのと同時に燃える木の球が降り注いだ。

木の枠がバラバラになって、中に詰め込まれていた油と焔が飛び散る。

「なんだこれは！」

「ぎゃあ！」

悲鳴がこだまするとと同時に燃え移った馬車が火を噴く。

馬車は外側には酒の樽や麦粉が積まれていたが、その内側には燃えやすい藁や枯れ枝と油が仕込まれていた。

たちまち広場が火の海になった。

◆

「囮への攻撃は成功で壊滅。後続の荷駄隊への奇襲も成功しました。糧秣の殆どを奪取か、もしくは焼却。これでしばらくは足が止まるでしょう」

館でサン・メアリ伯爵の兵団の騎士団長であるルイヴィルが言うと、館の広間に集まっていた騎士たちから歓声が上がった。

初戦は油断に乗じた形で大きな勝利を得たようだ。

「しかしこれからが本番だぞ」

戦には疎いサン・メアリ伯爵でも分かる。

これで引き下がるような甘い展開はあり得ない。

「トゥーレット丘陵が良いでしょう。高台ですし王都への街道沿いです。陣地を築き迎え撃ちましょう」

「それでいい。直ちに布陣せよ！」

サン・メアリ伯爵が命令を発して、部屋にいた騎士たちが駆けだしていった。

部屋にはルイヴィルとサン・メアリ伯爵だけが残された。

普段なら召使くらいはいるが、彼らまで殆ど避難させてしまったから館は殆ど人がいない。

「しかし、失礼ながら……思い切られましたな」

騎士団長である彼は、サン・メアリ伯爵は降伏すると思っていた。

武人としてそうなった時にどうするか考えていたが、その考えは全て必要なくなった。

「侵略者が所領を安堵すると言って信じるバカはいるまい」

「まさに」

所領を安堵する、降伏すれば厚遇する、と言われて敵を寝返らせることはよくある話だ。

そしてそれが反故にされることも同じくらいにありふれている。

強力な暴力の前には口約束など吹けば飛ぶほどの軽さしかない。

「こちらの兵力は？」

「騎士が百名、それとその従士で総勢四百名ほど。それと民兵が志願してきてくれています。それが二百名ほどでしょうか」

「敵は？」

「物見によれば……騎士だけで五百名。歩兵が二千名ほど」

ルイヴィルが答えて、サン・メアリ伯爵が苦々し気な表情を浮かべた。

「大軍です」

「本気で戦争をする気か」

単なる小競り合いではない。相手は本格的にこの国を占領するつもりだ。

とはいえ、同盟を破ってまで仕掛けてくるのだから当然だろう。

圧倒的な兵の格差。

しかし、今更白旗を上げるわけにはいかない。お互いに始めてしまった以上はやるしかないのだ。

◆

トゥーレット丘陵はサン・メアリ伯爵の所領の中央に位置し、都への主要街道が通るなだらかな丘陵地だ。

石畳で舗装された広々とした街道が敷かれているが、ダラダラと長い坂道が続くため旅人には評判が悪い。

「柵を作って陣を築け！急げ」

命令の声が飛び交って木の杭を草原に打ち込む槌音と人工たちの掛け声があたりに響く。

「此処を通るだろうか」

「ある程度の規模の軍を通すためにはそれなりの規模の道が必要です。ここを通る確率は高いでしょうな」

ルイヴィルがサン・メアリ伯爵に応える。

地の利はあるが数が違いすぎる。支え切れるだろうか。

自分たちと同じように近隣の領主たちにも使いが行っているかもしれない。

彼らはどう動くだろうか。所領安堵を約束されれば……様子見することもあり得る……自分がそう思ったように。

王都に向けて伝令を放ったが、この混乱した状況でどれほど効果があるのかは分からない。

「増援です！」

サン・メアリ伯爵が丘の上に上がったところで誰かの声が聞こえた。

朗報だからか、声に明るさが感じられる。丘の向こうから四十騎程の騎兵とその後ろに従卒が続いていた。

「サン・メアリ伯爵、鎧が全く似合っておりませんぞ。ワインを控えられた方がよろしいのでは？」

そう言ったのは先頭にいた、赤いドレスを模した戦装束の上に鎧を着た30歳くらいの女だ。

長めのサーベルを腰に差し、癖のある赤毛を後ろで無造作に一つ結びにしている。

「ロレンツ子爵婦人……いや、コレット殿か」

コレットはサン・メアリ伯爵家の近隣の所領を治める貴族だ。

夫であるロレンツ子爵を亡くした後は、自分が夫になりかわり領地を治めている。男の騎士にも劣らない武勇に優れた女騎士だ。

「相変わらずのドレス姿なのだな」

「神の御許《みもと》におられる我が夫が私の姿を見つけられねば困るでしょう。それに天にいるという天使共に懸想されても困りますからね」

コレットが不敵に笑いつつ言う。

貴族家は男子が継ぐのが慣例だ。とはいえ、様々な事情で女子が領主となる時もある。

その時は男装するのが習わしだが、それをすると勇敢に戦って討ち死にした夫が天国から見た時に自分を見つけられなくなる、といって彼女は女の風体のままでいる。

「参陣してくれるか?」

「臆病で鳴らした伯爵閣下が戦うというのなら、我らが戦わぬわけにはいきますまい。夫も存命ならそうしたでしょうから」

コレットが答える。

「それに、王都の方では公爵の反乱を戦乙女が止めているとのこと。同じ女として誇れるように振舞わねばなりません。それに、近隣の領主たちも何人か参陣します。ともに戦いましょう」

コレットが言う。少しでも手勢が欲しい時に、これは朗報だ。

◆

……開戦から四日が過ぎた。

ヴェルリッド王国軍は絶えまなく押し寄せてきているが、サン・メアリ伯爵が守る陣地は辛うじて守られていた。

あの後も近隣からの増援は来ているが……負傷者は増える一方だ。

「あくまで我々を押しつぶす気か」

「そのようですな」

サン・メアリ伯爵の言葉にルイヴィルが答える
迂回しようと思えばできるはずだ。

それでもあえて攻め続けるということは、自分たちを壊滅させて日和見をしている貴族たちへのみせしめにするのだろうということは察しがついた。

兵数で劣る上に守る領域が広い……圧倒的な不利は明らかだ。

陣地に詰める貴族たちの表情も明らかに疲労の色が濃い。

「伝令！　ヴェルリッド王国の兵が南東の村を襲っています」

「火事場泥棒どもめ」

陣地に駆け込んできた伝令の報告に誰かが罵り声を上げる。

戦闘前にできる限り避難を呼びかけたが、全ての村ができたわけではない。此処の守りを薄くすることは明らかに不利だが放置することはできない。

「サン・メアリ伯爵。私が行きましょう」

コレットが言う。

「行ってくれるか？」

「無論の事。我が兵たちよ、私に続け！」

コレットが馬にまたがって号令を発すると、彼女の旗下の騎士たちが次々と馬にまたがった。

コレットの率いる五十騎ほどが陣地から駆け出ていった。

◆

ヴェルリッド王国の猛攻が続く中、そして、セシルたちとバスティアン公爵との睨み合いが続くさなか。

四十騎ほどの騎士で編成された部隊がヴォルド三世が体を休める離宮を包囲していた。

隊長である騎士が馬を降りて館の入り口に歩み寄る。

それを迎えるようにドアが開いて、中からカトレイユ王妃が姿を現した。

「王妃様、お迎えに上がりました。王陛下とともにお越しください」

騎士が一礼してカトレイユ王妃に言う。

「父上のお考えですね……弱き王は不要ということですか」

カトレイユ王妃が全てを察したように言う。隊長が無言でそれに応じる。

「……ここを譲るわけにはいきません」

僅かな間があってカトレイユ王妃が答えた
「ですが……貴方の父上の命令ですぞ」

騎士の一人が困ったように言うが。

「私は王妃。我が王、我が夫あっての私です。確かに父上の娘ではありますが、今の私は王に嫁いだ者。そして陛下がここから移ることを望まれぬなら、私がそうすることはできません」

騎士たちが顔を見合わせる。

王妃とは言えどたかが女一人、力ずくで従わせることは簡単だ。しかし威厳ある口調と姿勢がそれをさせなかった。

「どうされますか……」

副長格の騎士が隊長に言う。

彼らが命じられたのは王妃を連れてくること……当然、王妃とは言え父親の命令に従うと思っていたから、このような状況は完全に予想外だ。

「伯爵様に使いを出せ」

◆

「急ぎなさい！　逃げるのよ！」

コレットと配下の兵士たちが叫んで、手になけなしの家財をもった農民たちが慌てて村の外に駆け出していった。

初戦の復讐のように村の家の殆どは火がついていて、周囲は煉獄のように熱い。

コレットの髪も汗でびっしょりと濡れていた。

「もう村人は避難したと思われます。我らも引き上げましょう」

「そうね」

コレットが馬にまたがるが、煙を突っ切るように現れたヴェルリッド王国の騎士たちがその周りを取り囲んだ。

「女騎士だぞ」

「捕まえて持ち帰ろう」

「掛かって来なさいゲス共。この私は安くないわよ」

コレットが強気に言って剣を構えて周りを見回す。

しかし周辺は四十名近い騎士たちが包囲している。殆どの騎士は民の避難につきそった。コレットに従うのはわずか三名だ。

騎士たちが脅すようにそれぞれ槍を突き付ける。

絶望的な状況にコレットたちが覚悟を決めた時、白い光を纏った何かがヴェルリッド王国の騎士たちの間を走り抜けた。

馬にまたがっていた騎士の何人かが倒れる。

「なんだ？」

「敵か？」

振り回された大剣が混乱した兵を斬り裂く。

赤い血しぶきが飛び散ってバタバタと騎士たちが倒れた。

「撤退せよ！」

「総員撤退！」

唐突な状況をどうにか把握した騎士の命令の声が錯綜する。ヴェルリッド王国の騎士たちが慌てて逃げ散った。

その姿を見て白い光を纏った男が一つ息を吐いて剣を一振りする。

「大丈夫かい？」

白い光を纏った剣士が言う。

「あなたは？」

コレットが逃げていく騎士の背中を見た。

「それより追わなくては！」

「大丈夫だ。問題ないさ」

遠ざかっていくヴェルリッド王国の騎士たちの上から黒い雨のようなものが降り注いだ。

黒い雨を浴びた騎士たちが呻き声を上げながら馬から落ちて地面に転がる。

地面に倒れ込んだ騎士たちがもがくように蠢く。死んではいないのは分かる。

……とは言っても、その場にいた誰もが一体何が起きたのかさっぱり分からなかった。

「これは麻痺か……敵にまで情けを掛けるとは、流石姫様……しかしなんていうか、あの人の魔法はなんか強くなってるな」

何が起きたのか分からないままにコレットが周囲を見回す。

煙を突っ切るように一人の騎兵が広場に走り込んできた。

「伝令！　コレット様！　東から部隊が着ています」

「敵か？　旗はどうなっている？」

「それが……戦乙女です」

兵士が信じられないという顔で言う。

「安心してくれ、味方さ」

「戦乙女の旗印は……セシル姫？　なぜここにおられるのですか」

話によればセシル姫の部隊はバスティアン公爵と都のすぐ傍で対峙してるという。

それに、もしその旗印が本物だとしたら……目の前にいる男を見た。

大剣を携えた白い光を纏う剣士。

「ではあなたは……アウグスト・オレアスの白狼？」

「今は違うぜ。今は戦乙女、セシル姫の旗下、エドガー。姫騎士殿。セシル姫とともに救援に参りました」

第19話　王国暦271年3月24日　あなたに想うこと

その知らせが届いたのはセシルとバスティアン公爵とのにらみ合いが始まって三日目のことだった。どちらからも手を出せない膠着状態のなか、一人の騎兵がセシルの陣地に駆け込んできた。

「姫様！　伝令が参っています。西部からです」

「なんですか？」

「ヴェルリッド王国が国境を破ったとのこと！　可能であれば援軍を派遣してほしいとのことです」

その場にいる全員がざわついた。

「ヴェルリッド王国？　まさか」

「しかも……このタイミングで？」

同盟国がするにはあまりにもあり得ないタイミングだ。

余程用意周到に以前から計画していたのか、それとも……。

「……だれか内通者が？」

「戦況は？」

「伝令はサン・メアリ伯爵の旗下のようです。彼によれば侵入してきた兵力は相当の数に上るとのこと。サン・メアリ伯爵や西部の貴族が防衛線を敷いているそうです」

「……流言かもしれません」

「ここに留まる方が良いのでは」

「しかし、サン・メアリ伯爵の正式な紋章を持っていたぞ」

「それすら偽りの可能性もある」

誰かが胡散臭げにつぶやく。

でもそれが本当だとしたら……やらなくてはいけないことは明確だ。

大規模な軍が侵入してきているとしたら、その周辺の民にも被害が出ていることは間違いない。

ここで公爵と睨み合っているよりも、そちらの方が大事だ。

「いますぐ西部に移動します。サン・メアリ伯爵たちの援護に向かう。支度をしてください」

「ですが、ここを……譲るのですか？」

一人が抗議するように声を上げた。

ここから移動すれば王都までの道を阻む勢力はいなくなる。

バスティアン公爵は労せずして王都を占領して目的を達してしまうだろう。

「ヴェルリッド王国のことは公爵の耳にも入っていると思う？」

「それは……恐らく間違いないかと」

伝令が頷く。

「きっと公爵様はそのような卑劣はされない……私たちと共に戦ってくれると思う」

セシルが言って、エドガーやガーランド、そして青い軍装を纏った兵士たちを見た。

確かに都合がいいことを考えていると思う。自分たちがここを離れたあと、悠々とバスティアン公爵の軍が王都に入り、王陛下から王位を譲らせるかもしれない。

でも、そんなことはしないと思った。

今まで見えない未来を信じることはできなかった。未来はいつも暗く重くるしいだけだった。でも今は違う。

「どんな未来であろうとも、俺があなたの望む未来をつかみ取りましょう」

エドガーがセシルの気持ちを察したかのように言う。セシルが頷いた。

「行きましょう！　皆！」

「はい！　姫様！」

全員がセシルに応じて動き始めた。

「本当にこれでいいのでしょうか……姫様はなんというか……あまりに楽観的すぎるのでは」

ガーランドがエドガーに不安げに言う。

戦場働きが長いガーランドからすれば、敵にとって絶好の機を与えるようにしか思えなかった。

「まあ俺も少しそう思うが……姫様の力になるのが俺たちの務めだろ」

「……剣の主を信じるのみですか」

◆

王都の向こうに陣を敷いていた青の軍装を纏った兵士たちが移動を始めた。

旗が翻って、その兵士たちが西に向かってゆく。

その姿は王都の尖塔の上にあるエリーザベトの自室からも見えた。

その向こうにはバスティアン公爵がいる。

「なんなのよ……」

西に向かうということは、サン・メアリ伯爵を援護してヴェルリッド王国と戦うつもりなのだろう。

ヴェルリッド王国が同盟を破って侵略を開始したことは、すでにエリーザベトも聞いていた。

すでに市井でも噂になりつつあるが、まだ遠い西部の話だからということなのか、民の動揺は殆ど見られない。

王都では普段通りの生活が営まれていた。

「なぜ……お姉さまは戦うのよ」

「姫様、避難された方が……バスティアン公爵の軍が来ないとも限りませんし……」

側近の一人が恐る恐るという感じでエリーザベトに言う。

エリーザベトが首を振った。

「いえ……そういうわけにはいかない。だって今は私が此処で一番偉いんだから」

父上も母上も、姉であるセシルもいない今、この城に王族は自分しかいない。

自分だけが安全な場所に避難してはいけない、そんな気がした。

「私は此処に残るわ。逃げたいものは逃げなさい」

◆

馬を駆けさせての強攻軍でセシルたちが西部の戦線にたどり着いた時には、酷い被害があちこちで出ていた。

略奪を受けた村をいくつも通り過ぎた。無数の遺体と焼き討ちをされて焼け焦げた建物。

緑の草で覆われていたはずのトゥーレット丘陵は殆どが焼け焦げ、そこここに穴が開いていた。

そしてその斜面には無数の遺体が転がっている。

長閑に青空には太陽が輝いていて、普段なら馬や旅人が行きかう平和な街道。その面影は全くない、地獄絵図のようだ。

焦げた臭いと血の臭いが離れたところまで漂ってくる。

丘の下ではヴェルリッド王国の旗を掲げた五十人近い騎士たちが突撃の準備をしていた。

その後ろには長槍を持った無数の歩兵が控えている。その更に後ろには投石器があるのが見えた。

双方の鬨の声と鎧や槍がぶつかりあう音、興奮した馬が地面を蹴る音が混ざり合って響く。

「間に合いましたね、姫様」

「ええ……みんな、ありがとう」

昼夜を分かたない進軍で馬も兵士たちも疲れ切っていた。

しかしまだ休むわけにはいかない。

「あの……姫様。御自らの援護は光栄です。しかし……その」

途中の村でエドガーが救ったコレットが言いにくそうに口を開いた。

「数が少なすぎるって言いたいのかい？」

「いえ……そんな滅相もない。そんなことは」

コレットが慌てて首を振る。

しかし言いたいことはそれだろう。長い移動で疲れを隠しきれない二百人ばかりの兵士。

しかも重装の正騎士は殆どいない。圧倒的な数のヴェルリッド王国の兵士たちにこれでは焼け石に水だ。

「では姫様。行ってまいります」

「まかせたわ、エドガー」

二人が視線を交わし合ってエドガーが一礼する。

「弓兵は左右に展開！　いつも通りにやれ！」

「はい！」

ガーランドの命令が響いて兵士たちが弓を構えて左右に列を作る。

大盾を構えた兵士がセシルの周りに立ち、その前には槍を持った兵士たちが隊列を組んだ。

セシルが静かに聞きなれない言葉をつぶやく。

魔法の心得なんてものは全くないコレットにも周りの空気が変わったことは分かった。肌の奥を冷やすような不思議な感覚に背筋が寒くなる。

隊列が整ったのを見てエドガーの体を白い光が包み込んだ。

光の帯を残すようにエドガーが斜面を駆け下りていく。

「放て！」

ガーランドの命令の声と同時に矢が飛び、エドガーの頭上を追い抜いていく。

矢がヴェルリッド王国の騎士たちの頭上に降り注いだ
「敵襲！」

「援軍か？」

ヴェルリッド王国の騎士たちが矢の方向を向く。

その時にはすでにエドガーの姿が目の前に迫っていた。

「貴様、何者」

騎士の一人が誰何の声を上げるより速くエドガーの大剣が一閃した。白く輝く大剣が頑丈な金属鎧を紙のように断ち斬る。

悲鳴と血しぶきが上がって瞬く間に陣形が崩れた。

「何者だ！」

「騎兵、槍を捨てろ！　抜刀！」

「遅いぜ！」

命令の声と叫び声が飛び交う。

騎士たちがそれぞれに剣を振ろうとするが、重い鎧と大混乱した状態では獣憑きの力を発動させたエドガーを捉えることはできない。

密集状態でまともに動けない騎士たちの間を風のように駆け回りながらエドガーが大剣を振るった。

一振りごとにバタバタと騎士たちが倒れ、その悲鳴と血がさらに混乱を加速させる。

「俺は戦乙女、セシル姫旗下。アウグスト・オレアスの白狼、エドガー！　命が要らないか、俺の首を取って手柄にしたいという奴がいるなら掛かって来な！」

大剣を構え直してエドガーが言う。

しかし周りに無惨に転がる騎士たちとさっきまでの人間離れした速さを見て、斬りかかろうとする者がいるはずはなかった。

それぞれが剣や槍を構えてエドガーを遠巻きにする。

エドガーが空とセシルの方を一瞥した。

「潮時だな。ではまた会おうぜ！」

突くように剣を構えたエドガーが包囲の一角に突進する。

騎士たちが慌てて道を譲るように左右に割れた。

「il tombe de fortes pluies noires.la pluie est une malédiction froide.lier le corps et geler l'esprit de notre ennemi.」

エドガーが下がるのに息を合わせたようにセシルの詠唱が終わって、ヴェルリッド王国の騎士たちの上空に黒い魔方陣が浮かぶ。

魔方陣から黒い雨が降り注いだ
黒い雨を浴びた騎士たちが、まるで重い荷物でも背負わされたように次々と膝を折って倒れ伏す。

雨が止んだ時には前線に居た数百人の騎士たちがまるで人形のように地面に横たわっていた。

「お見事でした、姫様」

「無事でよかったわ」

傷一つ負わずエドガーがセシルの元に帰ってくる。

お互いに無事を確かめ合うように二人が手を取り合った。

「あれはさっきも使ってたけど、どういう魔法なんだい？」

「麻痺の魔法よ……多分半日は動けないと思う」

敵であっても殺さないで済むならその方がいい。そう思って使った魔法だ。

「戦乙女万歳！」

「エドガー様万歳！」

「姫様に祝福を！」

周りから大歓声が上がる。

「如何ですか？」

ガーランドが誇らしげにコレットに問いかける。

しかし目の前で起きたことが全て現実とは思えない彼女はあっけにとられたままだった。

◆

「なんだと？　セシル姫の部隊が？」

「王都の方にいるという話ではなかったのか？」

「それが……突然現れまして、先陣は魔法を受けて……ほぼ全員が捕虜となったとのこと」

「どういうことだ？」

「魔法による拘束……だそうです」

ヴェルリッド王国遠征軍の本陣の大型の幕舎に駆け込んできた伝令の兵が、歯切れの悪い口調で言う。

「なんだそれは？」

幕舎にいた騎士の一人が訝し気に聞く。

「黒い雨が降り注いで、皆が動けなくなった……と」

伝令の報告は要領を得ないものだったが、それも無理はない。

魔法使いと実際に対峙した者など殆どいないのだ。

「しかも、あの……セシル姫の部隊にはあの、アウグスト・オレアスの白狼がいる、と」

「なんだと？」

「あの千体のオークを斬り払ったという……」

「いや、それどころではない。一人で砦を落としたと聞くぞ」

彼の武名はヴェルリッド王国にまで聞こえている。

そして伝わる過程で尾鰭がつくのも世の常だ。あからさまにその場にいる者たちに動揺が走った。

一人の武勇が戦の趨勢を変えることは基本的にはない。

しかし、士気に影響を与えることは十分にあり得る。そして、士気が崩れればどれだけの大軍勢でも瓦解する。

それはつまり支柱たる王がいなければ戦意を維持できないのと同じようなものだ。

「大変です！」

重い空気が漂う中、もう一人の伝令が幕舎に駆け込んできて一礼する。

「今度は何だ？」

「北から回り込むようにバスティアン公爵の軍が接近中とのこと……騎士百騎程です。このままでは側面を突かれます」

その言葉に幕舎の中の空気がさらに重くなった。

バスティアン公爵がこの反乱のために用意したのは、彼の腹心の最精鋭だという。

数は多くなくとも恐るべき脅威となるだろう。

当初の進撃は完全に挫かれて、前線では何が起きているのか分からない。

しかも得体のしれない魔法使いとアウグスト・オレアスの白狼もいる。

現地徴発を前提にしているから、手持ちの物資は少ない。

どこかでバスティアン公爵の軍により補給路を遮断されれば敵地で戦い続けることはできない。下手をすれば前後を挟まれて壊滅だ。

「撤退する。全軍に命令を発せよ」

指揮官であるロラン侯爵が言う。

「それと……ロンフェンを呼べ」

百年の同盟を破棄して先制攻撃を仕掛けた。

その道義に反することは勝利をもって正当化されるはずだった。

しかしその結果はこの有様だ。

先陣に相当の損害が出た上に、恐らく捕虜もかなりの数に上るだろう。

戦後交渉は難しくなることは明らかだし、騎士の解放のためには身代金を払うのが通例だ。それも莫大なものになる。

となれば責任を取らせる相手が必要だ。

「それが……昨日から姿が見えません。幕舎にもおられぬようでして」

兵士が答える。ロラン侯爵が舌打ちした。

逃げたことは明らかだ。一体いつこの情報を得たのか。

「撤退命令を出せ。全軍撤退」

「前線の騎士たちは?」

「どうすることもできん」

ロラン侯爵が淡々と答える。

援軍を出して前線に取り残された騎士たちを援護したいのはやまやまだ。皆、共に戦う同胞なのだから。

しかし前線には魔法使いとアウグスト・オレアスの白狼がいるという。

ことここに至ればもはや犠牲を少しでも減らして撤退するよりほかに選択肢はない。

「持ち切れない物資や投石器、書簡には油をかけて燃やせ。奴らには渡すな。全軍に発令。撤退だ」

命令を聞いた兵士たちが敬礼をして幕舎を出ていった。

ロラン侯爵がため息をつく。やはり急すぎたのか。ロンフェンの誘いがあったとはいえ無謀な攻撃だったのか。

しかし王の命令は絶対だ。

改めてトゥーレット丘陵の方を見る。相手も相当に疲弊している。

大規模な追撃をする余裕はないだろう……それだけが救いだ。

そして、二日間の追撃戦のあとにヴェルリッド王国の軍は国境まで追い返された。

セシルの魔法で戦意を挫かれたところで、ヴェルリッド王国軍は側面からバスティアン公爵の精鋭部隊の強襲を受けた。

最後の力を振り絞って攻勢に出たサン・メアリ伯爵の軍の攻撃との挟撃を受けたヴェルリッド王国の軍は大量の捕虜を残して撤退を余儀なくされた。

こうしてヴェルリッド王国との戦いは終わった。

◆

「これからどうしましょうか」

全ての戦いが終わって、バスティアン公爵とセシルたちの部隊は合流した。

バスティアン公爵とセシルが顔を合わせるが……つい数日前に王都の前で敵として対峙していたのだから、双方にとって気まずい状況ではある。

「私はこの決断が誤りであったとは思わない。力なき王でこの国を守れるか、現実を見ろ……と思ったのだがな」

長い沈黙のあとにバスティアン公爵が静かに口を開いた。

「だが結果的にヴェルリッド王国の介入を招いた。そしてこれは反乱だ。私たちを滅ぼせ。それは秩序を守るために必要だ。だが、心にとめておいてくれ。我らはただ権力を目指したに非ず」

バスティアン公爵が覚悟を決めたように静かな口調で言った。

どう答えるべきなのか。自分に人を裁くなんてことができるのか。

「この戦いは、たまたま閲兵中だった公爵様と訓練中だった私たちが、ヴェルリッドの侵略を食い止めたものでしょう」

長い間のあとにセシルが言った。

バスティアン公爵がその意味を考えて首を振る。

「それはならない。私は反乱を起こした。首謀者は罪を償わなくてはならない。反乱を起こした者を許してはならない。王の義父だから許されたと民は見る。貴族たちもな。それは許されん」

「なら生きて償ってください……死んで楽になるのは許さない」

死は時に苦しみや恥からの逃避だ。生き続けることは時に苦しい。

バスティアン公爵が長い沈黙の後に跪いた。

「承った。セシル姫様。貴方にいただいたこの命、生きて必ずこの罪を償い汚名をすすごう」

「そういえば……王妃様にはなにもなさらなかったのですか？」

王の地位に即《つ》こうとするならば、王都だけではなく王陛下も押さえなくてはならないはずだ。

王陛下は王妃が政務をしていない時は共に王都の近くの離宮にいる。

セシルの問いにバスティアン公爵が複雑な表情を浮かべた。

「無論、したとも。しかし、カトレイユに言われてね。今の自分は王妃であり、王陛下あっての自分だ、と。全て目論見通りにいかなかったよ」

バスティアン公爵が薄くほほ笑む。

「我が娘ながら……誉めるべきか、それとも叱るべきか」

「そうですか……」

義母である彼女がなぜそう答えたか。

その気持ちが今なら分かる気がした。

「セシル姫。この度、我らが奴らを退け得たのは全て貴方のおかげだ。君が反乱軍の前に立ちはだかった。そしてその勇気と献身に皆が応えた。王の血脈は重要だが全てではない。君の勇気が皆を動かしたのだ。サン・メアリ伯、それにエドガーもな。君の勇気に敬意を表する」

バスティアン公爵がはっきりした口調で言った。

そういうふうに言われると少し気まずい。少なくとも最初はそんな立派な志はなかったのだから。

「あの、それよりも、ご覧になったでしょうがこの地区にはかなり被害が出ています……」

「分かっているとも。彼らの抗戦がなければ事態はもっと深刻だった。バスティアン公爵家の者として相応に報いよう」

バスティアン公爵が言う。

セシル自身が持つものはこの兵団だけで、傷ついた民や兵士になにか報いるような力はない。

少し戦場を見ただけでも被害のほどは見て取れた。死んでしまったものも、焼かれてしまったものの戻ることはないけど。

それでも、これで少しは傷が癒えればいいのだけど、と思う。

バスティアン公爵の話が途切れたところで、グウェナエルがエドガーに歩み寄った。

「アウグスト・オレアスの白狼よ。お前の能力は高く、剣技も見事だ。だが獣憑きの力は強すぎる。あまりにもな。それに溺れれば技がおろそかになる」

「確かにそうかもな……だが次は負けないさ」

エドガーが不敵に笑って言い返した。

「その力をほんとうの意味で使いこなせば、お前に勝てるものはいないだろう。次は付け焼刃の能力ではない、お前の剣技を見てみたいものだな」

「あの時仕留めきれなかったことを後悔させるよ」

「それはいい、楽しみにしている」

「だが……次は敵同士じゃないだろ」

「確かにそうだ。次は轡を並べて戦おう、エドガーよ」

グウェナエルが言って手を差し出す。

エドガーがその手を握り返した。

「よし。では、全員！　戦乙女に敬礼！」

バスティアン公爵が号令をかけると、騎士たちが一糸乱れぬ動きで員足で地面を一蹴りして腰に差した剣を叩いた。金属音が広い平原に響く。

騎士の戦場での敬礼だ。

「では姫様。厚情に感謝いたします。またいずれ、次はもう少し正式な場で礼を尽くさせていただきたい」

バスティアン公爵が馬にまたがって言って、彼らの軍は立ち去っていった。

◆

都に戻ったセシルたちを迎える者はいなかった。

ヴェルリッド王国を退けはしたものの戦勝というわけでもないし、お祭り騒ぎというわけにはいかないだろう。

サン・メアリ伯爵の屋敷の駐屯地で一旦兵士たちと別れてエドガーとともに館に戻ったセシルを意

外な客が待っていた。

「姫様、お客様が来ておられます」

ラファエラが普段どおり淡々とした口調で言う。自分に来客というのも珍しい。

エドガーと顔を合わせて応接間に入ると、そこにいたのはエリーザベトだった。

◆

正直言って何を話していいのか分からなかった。というよりむしろ気まずい相手だ。

ヴェルリッド王国の強襲と同じくらいに予想外の来客だ。

普段は取り巻きを連れているが、今日は一人だ。

エドガーが少し硬い雰囲気を漂わせてセシルを護るように前に立った。二度会った時に二度とも決して穏当なやり取りではなかったのだから当然だが。

「戦いを見てたわ……お姉さま」

お姉さま、というのはいつもエリーザベトがセシルを呼ぶ時の呼び名だ。

ただ、普段の皮肉や揶揄を込めたような言い方ではない。

「勇敢に戦うお姉さまと違って私には何もできなかった。ごめんなさい」

自分は勇敢だっただろうか……たまたまそばにいてくれる人がいて、だから戦えたと思う。

「お姉さまが羨ましかった……お父様に愛されて、魔法の素質があって……私には何もないのに」

俯いたエリーザベトが絞り出すような声で言った。

「本当に……ごめんなさい」

「後で……話しましょう」

多分その言葉に嘘はなかったと感じる。ただ、気持ちがまとまらなくてそう答えるのが精一杯だった。

そう言うとエリーザベトが一礼して部屋を出ていった。セシルが閉まったドアを見る。

「あんな風でいいのか、姫様。姫様としてもいい感情はないだろ。言いたいことを言えばよかったんじゃないのか？」

「……赦《ゆる》すわけじゃない……でも」

昔は分からなかった。

なぜカトレイユ王妃が私やお母様をあそこまで憎んだのか。エリーザベトが自分に敵意を燃やしたのか。

あの人は王陛下を愛していた。そしてあの人は愛されたかったんだ。

自分が愛したように、王陛下に。エリーザベトだってそうだろう。

でもそうはならなかった。

今なら分かる。

愛される幸せと愛する喜び、思いが通じ合うことを知ったからこそ分かる。

愛されない苦しさを。自分が望んだ愛が他に向くことの辛さを。

私と母は、カトレイユ王妃とエリーザベトにとってその辛さの象徴だったんだ。

自分が望んでも得られなかったものを手に入れた相手、そしてその愛の形。

勿論王陛下も二人を愛したと思う。でもそれは「一番」ではなかった。

愛されたい相手には一番に愛されたい。世界で唯一の人として見てほしい。

その気持ちは痛いほどに分かる。

王位継承に二番目はある。でも愛情に二番目はない、
エドガーが自分以外を愛することを想像するとそれだけで苦しくなる。

この十年を思い出すと、辛いことばかりで、憎しみはある。恨みもある。でも。

「もう……いいの」

「まあ、姫様が言うならいいさ」

エドガーが言う。

ふとセシルはあの時のことを思い出した。回廊での主従の契りを。

あの時はただ流されるままに応えるだけだったと思う。

でも今なら自分の意思で言える。

「エドガー……」

「なんでしょう？」

「この後も……私の傍にいてね」

セシルが言う。エドガーが少し意表を突かれたように笑ってセシルの手を取った。

柔らかい手に軽く口づけする。

「言っておきますがね。離れろと言われても離れませんよ。姫様。狼は自分の獲物に執着する、と言ったでしょう?」

エピローグ

「やれやれ……少し侮っていましたよ」

ファンティーヌ王国の東部のとある田舎道。

茶色の革の外套と地味な服装に身を包み、馬上で独りつぶやいたのはロンフェンだった。

セシル姫の部隊がサン・メアリ伯爵の援護のために西進し、バスティアン公爵がそれに追従したという報告を受けた時点で彼はいち早くヴェルリッド王国の軍中から離れた。

彼の目論見では、王不在の中でヴェルリッド王国の強襲を受けた貴族たちは結束できないはずだった。

先んじて抜かりなく公爵の反乱のことも噂としてばら撒《ま》いておいたからなおさらだ。

仮にその状況で対抗する者がいても各個撃破できただろう。

しかしまさかサン・メアリ伯爵が抗戦を択ぶとは思わなかった。そして彼の元で貴族たちが結束したのも。

いずれにせよ、目論見が完全に外れた時点で、この戦はどちらに転ぶか分からなくなった。

そして、短期で終わらないことも確定した。

無論、ヴェルリッド王国の軍が押し切る可能性もまだある。

しかし、文の悪い賭けに乗るつもりはなかった。

どういう展開であれ、当初の計画が崩れた以上、誰かが「責任」を負わされる。

そしてそれが自分であることも分かっていた。なんせ、この戦をけしかけたのは自分なのだから。

それが自分であることも分かっていた。なんせ、この戦をけしかけたのは自分なのだから。

まだここで責任を取らされるわけにはいかない。自分には大いなる目的があるのだから。

そして、とある宿場町で宿をとった時、旅人の噂話でヴェルリッド王国軍はセシルの魔法を受けて撤退を択んだことを聞いた。

「全てはあの女……か」

計画が崩れたのは偏にセシル姫がバスティアン公爵の前に立ちふさがったこと。

あれがなければバスティアン公爵が王都を占領していたとしても、まさにその時にヴェルリッド王国の軍がファンティーヌ王国の領内に深く攻め込んでいるはずだった。

公爵が強い王の大義を掲げて王位に即いたとしても、予期せぬ同盟国の襲撃により全ては手遅れになる……はずだったが。

「あの人形のような女が動くとは……いや、あの男か」

全てを諦めたような目で王妃の命に従うだけだった女が、王国のために公爵と戦うことを択ぶとは。

そしてまさかサン・メアリ伯爵の援護に現れるとは。

あの日、王宮で見たエドガーを思い出す。

あの時、王妃が言うようにセシルと引き剥がして、王宮付きの騎士かエリーザベトの護衛にでもしておくべきだった。

そうすれば今頃はヴェルリッド王国の軍は王都に達していただろう。

戦勝の一番手柄であった自分の栄達も間違いなかったはずだ。それを得ることは彼の目的に近づく大きな一歩になるはずだった。しかしその目論見は崩れた。

アウグスト・オレアスの白狼、そして戦乙女セシル。

「なかなかままならぬものだが、仕方ない……とはいえ」

大いなる目的に辿り着くためには時間が必要だ。

目的を達成するためには、時には危険を避け後退するときもある。それは臆病とは違う。

彼の手の中には、ヴェルリッド王国の古びた金貨が一枚握られていた。

世界で初めて鋳造されたとされる金貨として王城の博物館に飾られていたが、ヴェルリッドに滞在している間にこっそりと盗み出したものだ。

ロンフェンがその金貨を大事そうに懐に仕舞った。

「……最低限の目的は達した。次はもっとうまくやろう」

死姫と呼ばれた魔法使いと辺境の最強剣士 1

発　行
2024年12月13日　初版発行

著　者
雪野宮竜胆

発行人
山崎　篤

発行・発売
株式会社一二三書房
〒101-0003　東京都千代田区一ツ橋 2-4-3 光文恒産ビル
03-3265-1881

印　刷
中央精版印刷株式会社

作品の感想、ファンレターをお待ちしております。

〒101-0003　東京都千代田区一ツ橋 2-4-3 光文恒産ビル
株式会社一二三書房
雪野宮竜胆 先生／布施龍太 先生

Printed in Japan, ISBN 978-4-8242-0338-0 C0093
※本書は小説投稿サイト「小説家になろう」（https://syosetu.com/）に
掲載された作品を加筆修正し書籍化したものです。